他们就像童话故事里的主角，
天生就要在一起，他们一路
走来所有人都很好
家长、邻居、老师、同学……所有人都
很好，他们仿佛天生就要在一起
但是，命运不够善良。

❤️ 季临泽

一个人坐热气球的滋味不怎么样，如果你在就好了。

我不太懂飞机，不过你肯定知道，莫斯科的这架飞机很了不起对吗？

教堂没有专门的祷告，但我还是为你祈祷了。

10:20

你看，分别是要说再见的。

13:14

我试过了，我做不到，我只想和你一起看银杏树。

等我给爸爸妈妈存够五百万，我就来找你。

06:20

季临泽，我好想你。

乔临泽

- 盛夏的风从不缺席。

- 故事就在这里开始。

向蕾

▸ 他们一路走来,所有人都很好。
他们仿佛天生就要在一起。

XIANGQIANG X JILINZE

那时候,他们以为只要自己伸手,就能留住这个春天。

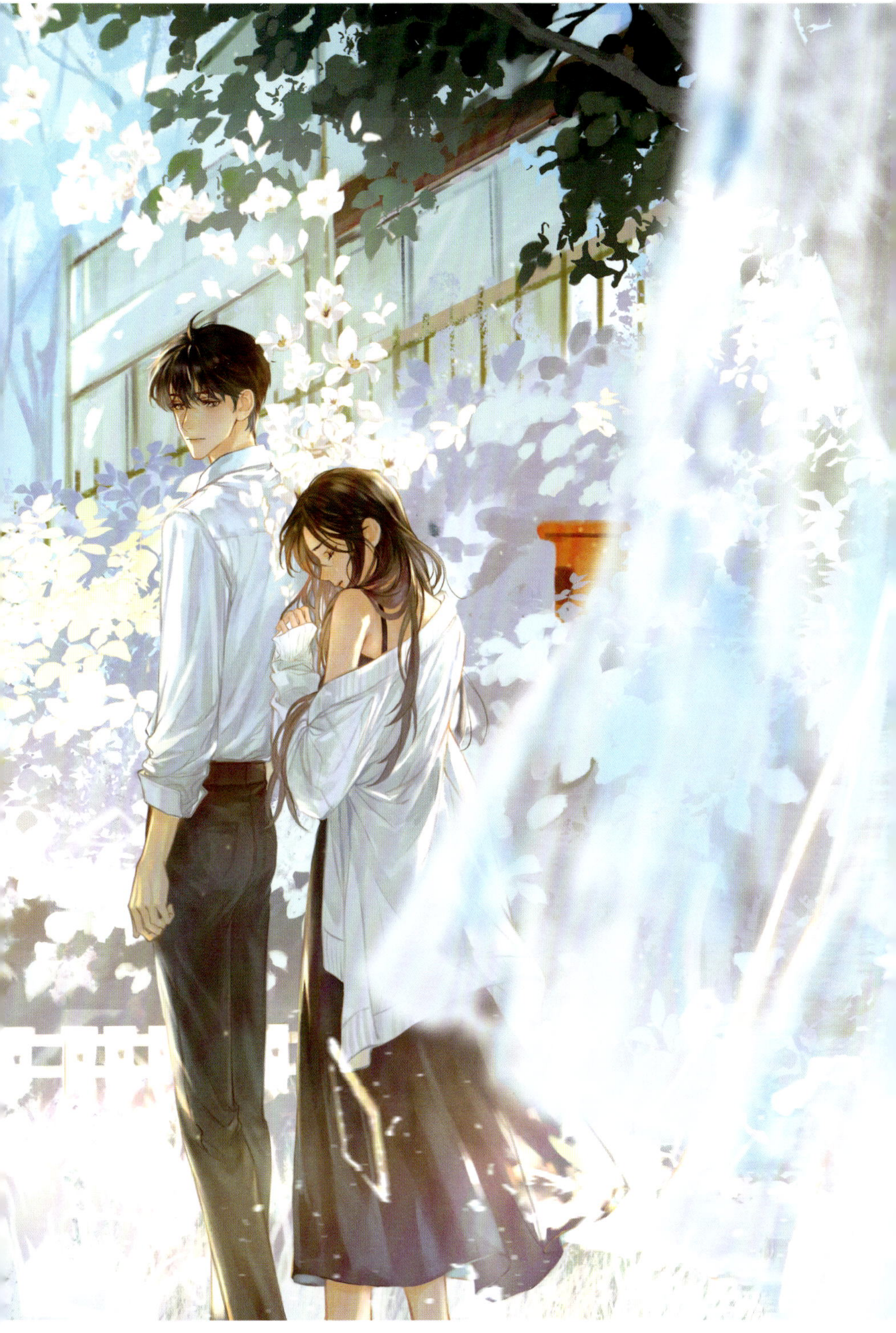

她从来没有走出过这里的四季，从来没有忘记过。

有爱的青春陪伴者

你听你听，
是那时候的声音

帘十里 著

中国致公出版社·北京

图书在版编目（CIP）数据

你听你听，是那时候的声音 / 帘十里著. -- 北京：中国致公出版社，2024.9
ISBN 978-7-5145-2218-1

Ⅰ．①你… Ⅱ．①帘… Ⅲ．①长篇小说－中国－当代 Ⅳ．①I247.5

中国国家版本馆CIP数据核字(2024)第000017号

你听你听，是那时候的声音 / 帘十里　著
NITING NITING SHI NA SHIHOU DE SHENGYIN

出　　版	中国致公出版社
	（北京市朝阳区八里庄西里100号住邦2000大厦1号楼西区21层）
发　　行	中国致公出版社（010-66121708）
作品企划	大鱼文化
责任编辑	董　娟
特约编辑	雪　人
责任校对	魏志军
装帧设计	Insect　孙欣瑞
印　　刷	天津睿和印艺科技有限公司
版　　次	2024年9月第1版
印　　次	2024年9月第1次印刷
开　　本	880mm×1230mm　1/32
印　　张	8.75
字　　数	158千字
书　　号	ISBN 978-7-5145-2218-1
定　　价	42.80元

（版权所有，盗版必究，举报电话：010-82259658）
（如发现印装质量问题，请寄本公司调换，电话：010-82259658）

目录 /contents

- 楔　子　/001
- 第一章　盛夏小少年 /009
- 第二章　一物降一物 /059
- 第三章　我好像生病了 /111
- 第四章　她不会和他分开 /151
- 第五章　关于他的回忆 /203
- 番　外　季临泽的独白 /253

楔 子

玉兰花会如期盛开。

盛夏的风从不缺席。

故事就在这里开始。

二〇二二年四月,南城下起了小雨,蒙蒙细雨如牛毛。

向蔷挤在公交车里,周围都是六七十岁的大爷大妈,聊的无非是那些家长里短。

向蔷面无表情地听了会儿,直到手机弹出一条银行汇款短信提醒,她的脸上才有一丝笑意。

她把余额截图,然后发给微信备注为"前男友"的人。

她说:五百万了,我说到做到。

"前男友"没回她。

向蔷知道他不会回复,发完短信就把手机揣回了风衣口袋里。

公交车这时正好到了红枫苑小区的站台，向蔷挤过大爷大妈，踩着高跟靴子下车。

还没等雨飘到身上，她的头顶就多了一把伞，被人高高撑起。

向蔷抬眼，母亲周慧一脸和蔼地瞧着她，眼里闪着光，热切地挽过她的手臂说："来来来，别淋到了。你这孩子怎么回事，这么阴冷的天还光着腿，老了不怕得关节炎哪。"

向蔷上身穿的是衬衫和风衣，风衣的长度到膝盖，下身就穿了条短裙，连丝袜都没穿一条。

周慧边说边试图帮她扣上风衣。

向蔷低头看了会儿眼前的周慧，很久，她才勉强挤出一点笑容。

她拉住周慧的手，轻笑道："妈，我不冷，先回去吧，回去了我就换长裤。"

"也行也行，回家了就不冷了，回家了，就不会冷了。"

向蔷上次回家还是去年四月，周慧几乎一年才见到一次活人，心里头暖得很，有许多话要说，却一时不知道从何说起。

到了家，向蔷才知道家里的热水器又坏了，桌角被亲戚的孩子砸坏了，周慧就用透明胶带缠了几圈，家里的网络电视的会员过期了，一看观影记录，上头显示上次看电视的时间还是半年前。

向蔷脱了衣服，换上周慧一早为她准备的家居服后就开始联系热水器的维修人员。

打电话的无聊间隙,她又发现自己穿的这套家居服的口袋被缝补过。

向蔷忽然想起来,这是之前发现口袋破了她让周慧扔掉的那套。

她站在阳台的落地窗前,外头阴沉的天和家里温暖的光形成反差,落地玻璃窗上映出厨房里周慧忙碌的身影。

向蔷走了几秒的神。电话那头的维修人员得不到回应,大喊了几声"喂":"后天上午十二点之前可以吗?这个时间,可以吗?向小姐?向小姐?"

向蔷抿了抿唇,垂下眼说"可以"。

挂了电话,向蔷走到厨房那边,说:"约好了时间。热水器什么时候坏的?你之前怎么不告诉我?"

周慧在切土豆,她的声音如冬天沸腾的水,冒着热气。

她说:"大概是十一月份坏的吧,那时候天冷,我和你爸也不是天天要洗澡,要洗的时候烧几壶热水就好了。"

向蔷:"那下次再坏了怎么办呢?"

周慧背对着向蔷,向蔷看不清她的神色。

锅里头的小鸡腿被水滚着,周慧赶紧关了火捞出小鸡腿,顺便换了话题。

她回头看了眼向蔷,笑眯眯地道:"一会儿饭就做好了,再有半小时你爸也要回来了。"

向蔷不打算就这么放过这个话题。

她走到周慧身边,接过周慧的刀,帮忙切土豆。

她很少下厨,刀工更是一言难尽。

不一会儿,土豆被切成了大小不一的块儿。

周慧没说什么,在一边择菜。

向蔷倒是自我评价起来:"这土豆今天算是倒霉了。我上次切菜还是好几年前,那时候也切过土豆,那谁说像我这样的人,以后得找个会做饭的,不然迟早会把自己毒死。你猜怎么着,现在外卖行业多发达,哪那么容易饿死。"

她顿了顿,继续说:"妈,你说以后你们不在了,我怎么办?"

周慧低着头:"爸妈不在了,你也有自己的活法,妈相信你。"

"那如果我不在了呢,你也能有自己的活法?会像小林阿姨那样吗?"

"瞎说什么呢。"

"如果我不在了,你会修热水器吗?你会舍得花钱换桌子吗?能跟得上时代的进步吗?妈,你们不能不去学,以后老了与社会脱节太多,学起来就更难了。"

"你这孩子。爸爸妈妈在学呢,就是有时候犯懒。"

话音刚落,门口传来不太友好的敲门声,还伴随着尖厉的中年妇女的叫声。

"有人在家吗?出来!周慧,你们出来!"

向蔷和周慧对视了一眼,向蔷切完最后一个土豆,拎起刀走向门口。

周慧把手往围裙上蹭了蹭，跟过去："蔷蔷，拿刀干啥呀？"

打开门，向蔷看到一个女人手撑着腰，唾沫横飞道："你们这家人怎么回事？说了多少遍了，这是公共区域，你们把垃圾放在门口是要臭死我吗？还有，你们刚刚干什么呢？拆家？不知道别人在午睡吗？还要不要脸？"

火力输出一顿后女人才看见向蔷手上的刀，她上下打量了一番向蔷，不屑地一笑："怎么，还拿刀唬人啊？"

向蔷身高一米六八，瘦却颇有风骨，一双细长的眼看什么都是冷漠的，眼尾微微上扬时更显凌厉漠然。

她什么都没说，直接拿起刀往女人脑袋的方向砍过去。

砰的一声，刀划过女人的耳朵，深深扎进木门框里。

女人愣住，咽着口水。等反应过来，她尖叫起来，大喊着："疯了疯了！周慧，这是你女儿吧？她要杀人！我等会儿就去报警，把你们都抓起来！"

周慧拦着她，急忙解释道："刚刚忘记把垃圾带下去了。我女儿刚回来，拖行李箱的声音太大，吵到你们了，不好意思。"

向蔷拦住周慧，将其护在身后，不疾不徐地拔出那把刀。

她语速缓慢，声音却如凛冬冰雪坠入深不见底的湖底一般冰冷刺骨。她说："我们当邻居十几年了，说实话，我没想到你能活这么久，所以想着忍忍好了，毕竟精神病也不是你想得的。但谁知道，这种疯病是会传染的，我前些天刚确诊精神病，精神病病人杀人不讲理的。"

女人蒙了，结结巴巴道："你们一家人都是疯子，疯子……真……真晦气！"

女人窜回了自己屋里，隐约还能听见她骂骂咧咧的声音。

周慧拿过向蔷手里的刀，叹气道："和她较什么劲，都这么多年了。"

向蔷轻轻关上门，深深看了眼周慧的背影。

她说："妈，我这次回来就是打算给你们换房子的。"

第一章

盛夏小少年

二〇二二年的向蔷已经三十二岁,一个算不上有特色的年龄。在大多数人的口中,这个年龄未婚未育的女人指不定是哪方面有点问题。周围人见了她难免要展现中国式的热情,向她介绍几个"优质"男人,又或者尽量礼貌地问几句为何没有恋爱结婚之类的话。

　　前几年向蔷的性格更为尖锐,别人多说几句她就会不耐烦,眼里漠视众生,高高在上,不论是谁,她都会讥讽几句再回绝。

　　有一次,她还朝人砸过一个花瓶,随后静静地看着那人,只吐出一个字:"滚。"

　　一阵鸡飞狗跳后,周慧抱着她哭,用尽一个母亲的柔情安抚道:"蔷蔷,你别这样,爸爸妈妈在,你别这样。"

　　向蔷也哭,但眼泪仿佛流过千万遍,她早就麻木了。

　　直到周慧捧着她的脸说:"蔷蔷,你不能再这样了,听妈妈的话，找点事情做，转移一下注意力。"

就是从听到这句话开始，向蔷感觉自己像一只翅膀沾了水的飞鹰，一点点软了下来。

到今天为止，她觉得自己只能做到这种程度了。

可在无数个深夜里，她回想起从前的自己，仍然会不受控制地流几滴眼泪。

那时候的她不是这样的，那时候，所有人都不是这样的。

一切大概要追溯到二〇〇〇年。

那一年向蔷十岁，上小学四年级，也不住在红枫苑，而是住在这座城市边缘的一个小镇上。

彼时的她不知道痛苦是什么，脑子里想的就是这周《大明宫词》能演到第几集。

二十五寸的彩电里，周迅很是灵动，台词从她的口中缓缓流出："我从未见过如此明亮的面孔，以及在他刚毅面颊上徐徐绽放的柔和笑容。我十四年的生命所孕育的全部朦胧的向往终于第一次拥有了一个清晰可见的形象。我目瞪口呆，仿佛面对的是整个幽深的男人世界。他就是薛绍，我的第一任丈夫。"

小小年纪的她对爱情的理解也不深。

她看不懂薛绍对太平的冷漠，却又觉得太平是如此的勇敢。

她第一次生出这种勇敢时正好是这一年的春天。

南方的四月，春雨潇潇，细雨如烟，向蔷总会想到那句"清明时节雨纷纷"，每一年的四月都是如此。

好在也会有晴朗舒适的时候。

那天是周末，父母像往常一样去上班了，向蔷吃完午饭没有困意，在院子里走来走去数今天开了几朵花。

周慧喜欢绿植、鲜花，凤仙花的种子撒满了院子，沿路的孔雀草长出了郁郁葱葱的叶子，这个季节还数一望无际的油菜花最耀眼。

向蔷百般无聊地晃着，再抬头向天空望去时，余光瞥见隔壁院子里的玉兰花开了。

白色纯净的花骨朵儿傲于天际，幽幽的香味随着春风拂来，蜜蜂振翅，穿梭其中。

向蔷看得入神，用手指做画框比画着怎么留下这春日景色。

这时，院子边的石子路上传来车轱辘飞驰而过的声音。

下一秒，一辆银色面包车闯入她的"镜头"。

她慢慢放下手，望向隔壁院子。

这是姜怀明的家，向蔷和他关系很好，每次看到他都会甜甜地喊一声"姜叔叔"。

只听哗啦一声，车门被拉开，接着下来了两个陌生人。

一个女人和一个男孩，男孩看着年纪和向蔷差不多大。

向蔷双手背在身后，面带笑容地问开面包车的男人："姜叔叔，这是你亲戚吗？"

姜怀明从车上拿下大包小包，瞧了眼女人，怪不好意思地说："这是叔叔的媳妇儿。"

向蔷喊了声"阿姨好"，惹得那女人掩嘴直笑。然后，她的视线慢慢移到那男孩身上，学着电视里的混混样，自以为很迷人地冲他吹了声口哨。

男孩愣了一下，随后笑起来。

他年纪小小却颇有风范，眉眼间英气十足，眼眸清澈，微微扬起的嘴角让这个春天黯然失色。

向蔷情不自禁地想到那段台词——

"我从未见过如此明亮的面孔，以及在他刚毅面颊上徐徐绽放的柔和笑容。我十四年的生命所孕育的全部朦胧的向往终于第一次拥有了一个清晰可见的形象。"

后来向蔷从周慧的口中得知，自年轻时的初恋女友意外身亡后，姜怀明就没再交过女朋友。前些日子有人给他说媒，他对相亲对象一见钟情，两人快速领了证。

那个女人叫林如梅，有一头乌黑的长发，笑起来真如冬天的梅花，鲜艳美丽。

向蔷喊她"小林阿姨"。

周慧又告诉向蔷,林如梅也是个可怜人,家在小镇的南边,前几年丈夫生病走了,一个人带着孩子不容易。

说到那孩子,向蔷晃着腿,笑得灿烂,说:"那男生蛮帅的。"

周慧被逗笑:"你懂什么叫帅啊?"

"懂啊,我觉得他比薛绍还要帅。"

"又在胡说。"

再后来,向蔷知道了那男孩的名字,他叫季临泽。

那天发生的事情也颇为搞笑。

春天傍晚虫鸣温和,霞光万丈,风掠过树梢,院子里一片金黄色树影。

大人们吃完晚饭串门聊天,聊得那叫一个热火朝天。

向蔷的注意力都在季临泽身上,他站在白玉兰树下的水池台前,专注地组装一个飞机模型。

向蔷凑过去,问道:"你在干什么?"

突然蹿出的人把季临泽吓了一跳,他扭过头看着近在咫尺的女孩,不由自主地想起她那天吹口哨的样子,有点忍俊不禁。

他咳了声,转过脑袋,解释道:"组装模型。"

"哦,能飞吗?"

"加电池能。"

"那你有电池吗?"

"有啊。"

向蔷歪了歪脑袋,喊了声:"你要说没有,这样我才能接话啊。"

少年挑了眉毛:"那……我没有?"

向蔷笑起来,细长清亮的眼睛弯成月牙。少女光洁的额头像树梢上的白玉兰花瓣,晚风吹拂,长发飞舞。

在笑声中,她的脑袋往他那边探,直勾勾地看着他,问道:"你叫什么名字?"

"季临泽。"

"哪三个字?"

季临泽懒得回去拿笔,低头巡视一阵,随手拿起边上的红砖块,在水泥地上写下自己的名字。

向蔷把这个名字在心底默念了三遍。

他问她:"那你呢,你叫什么?"

"向蔷。"

"强?"季临泽若有所思地看着她,"挺适合你的。"

向蔷乐了:"是吗?你也觉得我像蔷薇花?"

"蔷薇?不是小强的强吗?"

"小强是什么?"

"你看过周星驰的《唐伯虎点秋香》吗?"

"看过啊。"

"那你回去再看一遍就知道了。"

家里没有光盘,那会儿网络也不发达,哪能说看就看,于是第二天向蔷向周围的同学问了一圈才知道"小强"是什么意思。

晚上回家,她扔下自行车,风风火火地冲到季临泽的房间里,一把握住他的手腕把人往里推。

她似笑又似怒,抬着下巴质问他:"你说我是蟑螂?"

季临泽和她上的是不同的小学,周一放学比她早,这会儿正在做作业。

她贸然闯进,一个劲儿地把他往里推,逼近床边。

他一边感慨女生的手劲大,一边尽量稳住自己,再抬眼,两个人已经打闹到了床上。

他投降般解释道:"逗你玩的!我错了!"

"那你知道我在干什么吗?"

"你在欺负我。"

"哪欺负你了,我在推粪球啊。"

季临泽破防,笑起来,没稳住,向蔷猝不及防地朝他倒下去,他快速滚到一边,向蔷摔在被褥上。

她喘着气,闷闷的笑声从被子缝里传出来。

她说:"你的床还挺香,晚上睡得好吗?"

"还不错。"

"姜叔叔做饭很好吃,你喜欢吗?"

"喜欢。"

"这里，你喜欢吗？"

"喜欢。"

"那我呢？"

"你？"

季临泽侧过头，斟酌了一下："我们还小，不能早恋。"

"哈哈哈哈哈！"

向蔷一向直白放肆，她笑得前仰后合。她按着笑得发疼的肚子，说："我是问你，和我做朋友你喜欢吗？"

季临泽又斟酌了一下："其实你不必用这种笑来掩饰被我拒绝的尴尬。"

"去你的。"

向蔷笑骂道。

他这人就是这样，有时候说出的话让人气得牙齿发痒，想狠狠咬他一口。

这么想着，向蔷拽过他的手臂，用力地咬了一口，痛得他大呼小叫。

但他没有说她一句，只是说："你们女生真是狠啊。"

向蔷拍拍屁股起身，居高临下地看着他，宣布道："既然你看穿了我，我就给你一个承诺，八年后我必定'娶'你。"

季临泽笑得前仰后合，模仿那天她吹口哨的模样，也朝她吹了一个，慢悠悠地说："那我等着。"

向蔷不知道自己算不算早熟，她就是觉得季临泽长得好看，见到他会开心，想和他永远在一起。

大人们常说，结婚就能永远在一起。而且他们还常说小孩子不能谈情说爱，等上大学了就可以。

她曾问过周慧，什么时候可以上大学。随后周慧给她普及了往后的学习过程，她会参加中考、高考，考试的难度会越来越大，高考结束时她差不多是十八岁。

所以她觉得等到十八岁就可以和季临泽双宿双飞了。

对，双宿双飞，她这周新学的词。

做完这个决定，向蔷立刻跑回家告诉了周慧。

周慧在做晚饭，听女儿说得这么信誓旦旦，笑得直摇头。

向蔷不明白周慧在笑什么，于是问得很直接："妈妈，你难道是觉得季临泽配不上我吗？"

闻言，周慧笑得更甚，手一抖，多放了半勺盐，她哎呀呀叫起来，嘀咕道："完了完了，菜要咸了。"

这下轮到向蔷笑她了。

向蔷仰着头，细细打量周慧。

周慧和林如梅的年龄差不多，三十多岁。

她们那一代的女人多半早婚早育，所以哪怕孩子都上学了，她们也还年轻，个个风韵犹存。

周慧皮肤很白，有一双温柔似水的眼睛，体形纤细。

不过向蔷总觉得妈妈很有力量感，妈妈的一只手腕可以抵她两只，逛街时妈妈可以拎下所有的东西。

看着周慧手忙脚乱的样子，向蔷戳了戳她的胳膊说："妈，我知道爸爸为什么喜欢你了。"

周慧愣了一下，紧接着仿佛知道向蔷要说什么，耳根微微泛红。

"你这孩子，别捣乱了，作业做完了吗？"

向蔷踮脚刮了刮周慧的耳垂："妈妈很可爱，所以爸爸才会这么喜欢你。"

说完，她收回手，将手背在身后："好了，我要去做作业了。"

周慧拍了拍她的屁股："你这孩子。"

向家是独栋小院，在这个边缘小镇上算经济条件不错的人家。欧式铁围栏环绕小院，二楼有大阳台，后院还有个小凉亭。这是当下流行的房屋样式。

向蔷有自己的房间。干净光亮的红色木地板，蔷薇花花样的淡粉色墙纸，结实的原木色双人床，飘逸的珠光银白色带白纱的窗帘，都是她自己选的。不过那时候她年纪尚小，审美不够好，以至于现在她有时很讨厌这粉色墙纸。

小孩子才喜欢粉色呢，她们这种"成熟"的女生都喜欢黑色。

后来她上小学，为了方便她学习，她的父亲向奇还斥巨资从朋友那里定做了一张实木书桌。

不过只有周末向蔷才会在书桌上做功课，平常放学回来她都更喜欢在客厅写作业。

每一天的日子都差不多，每一天又很不一样。

每天傍晚周慧都会早早从镇上的玩具厂下班回来，有条不紊地准备晚餐，向蔷就坐那儿一边写作业一边和周慧聊天，聊今天发生的事情，事无巨细——班里谁和谁打架了，谁被谁惹哭了，小卖部上了什么新品，等等。

周慧总是很认真地听，时不时被向蔷理所当然又老成的语气逗笑。

大约过个三刻钟，向奇会开着他的老桑塔纳回来。

向蔷写完语文作业时，向奇开车回来的车辘辘声由远及近，车喇叭嘀嘀两声，暗示他到了，周慧关火，出去给他开门。

他们这房子哪儿都好，就是车库没设计好，以致每次向奇开车回来都需要人手动开门。

向蔷知道差不多时间该吃饭了，收了作业，去厨房洗手，端菜盛饭。

这是她唯一会做的事情。

洗衣、做饭、打扫卫生，她从来没有做过。

向蔷试着做过。

前年的某天老师布置了个任务，让大家回去帮家长做件家务。

她回到家，发现这个家竟然没有一件需要她做的事情，她的妈妈像个超人一样，既能送她上学，又能做饭洗衣，还同时能上班赚点小钱。

后来她帮周慧叠了一次衣服。

再后来，她试着分担一点家务，于是每天端菜盛饭成了她的必做小事。

父亲向奇要用中碗盛米饭，他做水产生意，每天跑得很辛苦，所以胃口大。

母亲周慧只吃小半碗饭，因为在减肥。

而她要吃正好一小碗饭，以补充夜晚学习所需的能量。

向奇和周慧说说笑笑地走进来，看见向蔷盛好的饭，向奇开心极了，朝向蔷伸出手，说："来，和老爸'黑米饭'！"

是 Give me five 啦！

向蔷没纠正，稳稳地和向奇击了个掌。

击完掌，向奇从工装外套口袋里掏出一盒巧克力牛奶。

"爸爸路过小超市时买的，还温着呢！快喝！"

向蔷眼睛微微睁大，接过牛奶，做了个胜利的姿势："爸爸最好！"

周慧看着父女俩笑："你就惯着她吧。这种牛奶要少喝一点，甜的也要少吃一点，蔷蔷的牙齿都还没换全。"

"最后一盒！"

"最后一盒！"

向蔷和向奇异口同声道。

周慧更无奈了，拿傍晚的事儿打趣向蔷："这点自制力都没有，还说以后要嫁给临泽呢，你能坚持到那时候吗？"

向蔷吸着甜滋滋的巧克力牛奶，脑海里浮现出这几天和季临泽打闹时的样子。

她歪歪头："我能坚持的，我一向说到做到。"

向奇被她们的对话整得一蒙，边洗手边问道："这、这这……你小林阿姨和临泽才搬来多久啊，你就看上他了？"

向蔷重重点头："对啊，我想和他永远在一起，和他在一起很开心，嗯……我从来没这么开心过。"

向奇捂住脸，假装哭起来："呜呜呜，爸爸的'小棉袄'飞走了……"

向蔷安慰他："没事的，爸爸，我和季临泽是好孩子，我们说好了，要等高考结束了，成年了才在一起。"

向奇还在装哭。

向蔷捶他一拳："爸，你很无聊哎。"

向奇立刻撒开手，露出笑脸。

三个人笑着，围桌吃饭。

后来这话不知道怎么传了出去，弄得邻里街坊都知道她长大了要嫁给季临泽。

没有一个大人严肃矫正，大家把它当作一句带着孩子童真的戏语，说起时似乎隐隐带着几分道不清的怀念。

夏天，昼长夜短，吃完晚饭天仍亮得晃眼。

风穿过不远处的一片竹林，竹叶簌簌响动，飞鸟展翅翱翔在云霞的光影下，夕阳的光落在河面上，熠熠生辉。

暑假的一天晚上，向蔷又跟着向奇去季临泽家串门。

姜怀明在镇上开了一家五金店，所以平常回家并不早，渐渐地，他们家就成了这一片最晚吃晚饭的了。

姜怀明疼老婆，不让林如梅下厨。向蔷站在自家院子里时，总能看到姜怀明进进出出，在他家院子里的洗手台上切肉、洗菜。

向蔷猜，姜怀明是想用厨艺获得季临泽的认可。

其实不难推断，她听多了这样的事。

再婚家庭，孩子总是最有情绪的那一个，后爸后妈都不好当。

可是季临泽不是那样的人。

不知道为什么，见他的第一眼，向蔷就知道他不是那样的人。这也许是聪明人之间的心有灵犀？想到这儿，向蔷微微勾了下嘴角。

等再过两年，他们就要去同一个中学了，那时候，不知道季临泽还能不能继续保持第一名。

当然，输给未来的妻子并不可耻。

向奇手里揣着一个茶杯，一跨进季临泽家，连忙朝姜怀明招手："哎！亲家！亲家，在做什么菜呢？这么香。"

姜怀明系着围裙，挥动锅铲，快速翻动着锅里的肉片。

在一阵香味和热气中，姜怀明笑着回答说："搞个回锅肉，临泽爱吃肉。"

向奇："哎呀，亲家，你这手艺，以后我闺女有福气！临泽呢？"

姜怀明："在房间里拼模型吧。"

向蔷刚要说"我进去找他"，季临泽就出来了。

姜怀明的房子是平层，带小阁楼。为了迎娶林如梅，姜怀明前段时间找人稍稍翻新了一下房子——把阁楼装修了一下，给厨房装了油烟机、客厅铺了地砖。

然后把客厅边上最好的房间给了季临泽。

他亲自带季临泽去商场挑了一张适合男孩子的单人铁架床，一个实木深色书柜，一张深褐色的书桌。还在房间的墙壁上安了个简易篮筐。

除开这些，这间房最好的地方在于上厕所方便，穿过客厅就是卫生间，而小阁楼是没有卫生间的。

姜怀明孤家寡人惯了，这会儿突然有了老婆孩子，就想让他们在这里生活得自在，特别是季临泽。

所以他闲下来一般都待在阁楼上，想把宽敞又舒适的地儿给孩子。

见到季临泽出来，姜怀明局促地笑道："临泽，拼完了吗？拼完了明天带你再去买一个新的吧？来，快去洗手，要吃饭了。"

站在他身边帮他打下手的林如梅轻轻拍了拍他的肩膀，示意他不要这么宠孩子。

季临泽冲姜怀明笑了下，说："不用了，爸……"

这不是季临泽第一次叫姜怀明"爸"，但每叫一次姜怀明的心就暖一次，仿佛全身都充满了力量，他翻炒得更卖力了。

哄笑过后，向奇抿了口茶，看向季临泽，说："临泽啊，有空和你爸学学厨艺，我家蔷蔷的嘴刁着呢。"

被cue（提到）的季临泽下意识地看向向蔷，两人对视一眼，谁都没闪躲，反而笑了起来。

季临泽抓了下头发，试探地问："那我以后学？"

这种好似承认的话惹得大人们笑得更厉害了。

向奇笑得眼泪都出来了，点头答道："对对对，以后学，以后要学的。"

向蔷补充道："我不吃葱，不吃豆芽，我最喜欢吃鱼，不过我吃不来刺很多的鱼，红烧的鱼最好，放点毛豆就更好了。"

小少年勾着嘴角说"知道了"。

后来，这晚的笑谈不知怎的又被传了出去。

临近开学的前一天傍晚，向蔷去一位种了桑葚树的奶奶家拿桑葚，回来时路过一群正在大树下乘凉的大人，被他们笑着问道："临泽以后学厨艺做饭给你吃，那你以后学什么回报他呢？"

向蔷从不害羞，她好似一个武侠剧中游走在江湖上的女侠，永远明媚坦荡。

所以她每次都会特别有耐心地回答他们的问题。

年纪尚小的她不懂未来究竟有多远，也不懂什么叫作相互付出。

她想，幸福大概就是自己家里的模样。

周慧如大多数传统妇女一样承包了很多家务琐事，而向奇很忠诚，也很体谅周慧，时不时地会带给周慧一些惊喜，逗周慧开心。

那以后，她和季临泽也可以这样。

于是她说："以后季临泽做饭给我吃，我在外面好好赚钱，我给他买……嗯……他最喜欢的飞机模型。"

她还可以像父亲晚上给母亲按摩一样，给季临泽揉肩、捶腿。

大人们再一次笑得合不拢嘴。

其中数李婶笑得最夸张，笑声像鹅叫，咯咯咯地停不下来。

李婶拍着自己的大腿，笑得快喘不上气了，直呼："你这孩子，怎么从小说话就这么逗人。哪有女人在外养家男人在内主家的？"

向蔷："也是，男人就应该多承担点责任，那……那他可以像姜叔叔一样，既养家又主家。"

"哎哟哎哟！哈哈哈哈哈！"

李婶捂着肚子表示自己实在笑得不行了。

边上有人又问："赚钱养家可不容易，那你们以后要做什么工作呢？"

向蔷又陷入思考。

她只知道自己目前的目标是打败所有人，稳稳坐在年级第一、市级前五十的宝座上。

只有这样打好根基，之后她才能顺利地考上最好的高中、大学。

可是大学之后呢？

这她还真没想过。

她认真地说："我回去和季临泽商量一下，等有了结果再来告诉你们。"

说完，她转身离开，快步朝季临泽家走去。

夏天快结束了，晚风清凉许多，季临泽家院子里的那棵玉兰树树叶越发墨绿，圆润宽阔的叶片交织在一起，投下一片摇曳的光影。

季临泽今天刚从学校报完名回来，书已经领到了手，他按照以往的习惯率先预习起来。

他又站在那棵玉兰树下，边拼模型边背古诗，时不时停顿一下，瞄一眼课本，看看自己是不是背错了。

向蔷似蝴蝶一样"飞"过去，等走到他身边时，有点喘。

她穿着蓝色的格子花边吊带衫，下边搭了条大众化设计的牛仔短裤，小小年纪已经初显长腿趋势。

她靠着水池边缘休息，调整着呼吸，凹陷的锁骨微微起伏。

季临泽停了动作，打量她，最终视线落在那一盆深紫色的桑葚上，问道："你从哪儿摘的？"

"这是那个住在西边的奶奶给的，你要吃的话分你点。"

"不用——"

话没说完，向蔷已经快速拧开了水龙头，洗了一颗塞入他的嘴里。

这是季临泽第一次吃桑葚，一口咬下去，果汁爆开，甜甜的木质香味在舌尖化开。

桑葚是种很脆弱的水果，不易保存，这儿的水果店一般不卖。

向蔷一拿桑葚，手指上就沾上了紫色的汁水，她没洗，翘起手指放在嘴里吸吮了两下。

季临泽咀嚼的速度忽地放慢，他的目光落在向蔷的脸上久久没有离开。

向蔷正苦恼着，没注意，她问季临泽："你长大了想做什么呢？"

季临泽想都没想就说："飞行员。"

"开飞机？是现在在天上飞的这种吗？"

向蔷指指天空，一架小拇指大小的民航飞机正慢悠悠地穿过云层，留下一条纤长的痕迹。

季临泽抬头，凝视着。他说："这种也行，但我更想当空军。"

"啊……"

向蔷用手扇风，细长的眼眸被夕阳浸染，光芒盈动。她惊讶于季临泽居然有这种清晰又远大的目标，长长地"啊"了声后，陷入了一种难以言状的危机感中。

在周围认识的同龄人中，他是第一个让她有危机感的人。

她抿唇，皱眉，默默思索着。

这些细微的表情落入季临泽的眼里，都成了具象化的语言。

他问她："你以后想做什么？"

"不知道，我爸爸妈妈对我没什么要求，他们经常说只要我开心就好了。"

"那你自己呢，你有什么喜欢的吗？"

"我喜欢的？我什么都挺喜欢的。"

"最喜欢的。"

向蔷扇风的动作停了,她转过头,似笑非笑地盯着季临泽看,故意说:"你啊,我最喜欢的是你。"

季临泽眼眸明亮,眼尾微扬,傲娇道:"这我知道,你不必一而再再而三地告白。"

"呵。"

给点颜色就开染坊了。

向蔷白了他一眼,转回头,有点烦躁地踢开脚边的一颗小石子。

"说真的,季临泽,我长大后要做什么呢?"

"这得问你,你这么自由,想做什么都行。"

向蔷想了想,低声道:"其实……我觉得我很喜欢拍照。就比如现在,夕阳好美,玉兰树的影子好好看,李婶她们乘凉的场景也好温馨,如果能保留下来就好了。"

她的爱好同样让季临泽有些意想不到。

这年头家里有相机的是少数,很多家庭里可能只拥有一两件电器。不过向蔷家可能有,她家看起来挺富有的。

季临泽:"那以后大学的专业可以选相关的,也可以先看看相关的书。"

"专业?"

"你不知道?"

向蔷疑惑地问:"你怎么会知道这么多?"

季临泽:"我同桌的妈妈是名中学老师,会和他讲这些事情,他就会和我说。"

"哦……这样啊。"向蔷瞄了他几眼,使坏地推了下他的小飞机,漫不经心地问,"你同桌是男生还是女生啊?"

"男生。怎么了?"

"问问。"向蔷舒了一口气,郑重道,"那行,就这么决定了。季临泽,我们未来可期!"

向蔷补充道:"未来可期,我昨天看作文书时新学到的词。OK,这样看的话,我已经能熟练运用这个词了。"

季临泽:"……"

第二天是向蔷所上学校的报名日,交钱、领书后周慧载她回家,路过李婶家时,向蔷特意让周慧停一下。

李婶在河边淘米准备做午饭,听到向蔷甜甜的声音立刻抬头打招呼道:"蔷蔷回来啦?"

向蔷点头,然后说:"李婶,我和临泽商量好了。"

"啥?"

向蔷捧着书,稚嫩的脸在阳光下尽显光芒。

她自信又天真地说:"我们商量好了,以后他去做飞行员,我做摄影师,我们要结婚,要永远在一起。"

草长莺飞，小学升初中，两个人去了同一所初中。因为两人的成绩都十分优异，老师为了平衡班级的分数，把他们分到了不同班级。

整个初中期间，向蔷经常去隔壁班串门，活脱脱像个地痞流氓。

她或倚靠着隔壁班教室的窗户喊："临泽，陪我去买水。"

又或者大大咧咧地站在隔壁班的教室门口朝他勾手指："临泽，你的作业借我看看。"

起初大家都懵懵懂懂，并没有把他们过近的关系放在心上。

所有人都知道他们是邻居，关系不错，况且两个人都是如此优秀，同一个磁场的人走近点也是正常的。

但很快到了青春的分水岭，初三时大家的个头已经和大人不相上下。

男生如树木抽了条，个子猛蹿，嗓音变得低沉性感，那双打篮球的手指节分明，力量感十足，面孔中的青涩未褪，目光却坚毅了好几分。

女生学会打扮自己后更是女大十八变。

除了外表的变化，大家谈论的话题也渐渐变了味道，从刚入学时的收集卡片、跳橡皮筋，到现在喜欢的明星、钟爱的电子游戏等。

所有人都变得愈来愈像大人。

很快，大家私下又开始评起校花、班花。

向蔷个性热烈分明，像只昂着脖子的黑天鹅，不太符合那会儿"大眼娇俏"的审美，大家一致觉得她顶多算是班花，校花非隔壁班的李琳琳莫属。

校草的头衔自然就落到了季临泽身上。

校花、校草自古多暧昧，更狗血的是大家都知道向蔷和季临泽关系匪浅。

所以到初三，向蔷再来找季临泽时，那些皮猴似的男生叫得如狒狒一样，起哄声响彻天际。

向蔷向来坦荡，她享受这种感觉。

这种微妙的气氛很快被两个班的班主任察觉。因为班主任对他们都抱有很高期望，所以格外害怕他们把控不好青春期的感情，再三商量下，两位班主任借着初三第二学期开学开家长会的机会，和向奇、姜怀明分别谈话。

为了保护学生的隐私，两位班主任还特意把他们分别请去了空着的教室。

教室一里是向蔷的班主任与向奇。

班主任友好缓慢地阐述了下情况，询问向奇是否知晓此事，并表示希望家长和老师一起给学生做疏通，使其树立正确的观念。

向奇听后摸了摸下巴，随后哈哈大笑。

教室二里是季临泽的班主任与姜怀明。

这是姜怀明第一次参加季临泽的家长会，他十分郑重，生怕回去后不能一五一十地给林如梅说一遍。

他认真地听着班主任讲话，听着听着，他陷入了思考。

到了晚上，吃晚饭时，向家一如既往地欢声笑语。

向蔷向父母分析自己在这次开学考中发挥失常的地方，周慧认真聆听，向奇笑而不语。

等向蔷说完，向奇收起她的试卷，说道："我们女儿啊，这性格不知道像谁，做什么都力求完美。蔷蔷，认真卖力是好事，但也要学会接受偶尔的失败。"

向蔷听出他话里有话，直接问道："爸，你想说什么？"

向奇抿了口酒，直接问道："你现在和临泽是个什么情况？"

"什么什么情况？"

"你们有没有谈恋爱？"

向蔷："啊？哈哈哈，谁说的啊？老师？我们没有啊，而且我很早就和你们说过了，我是有计划的。"

向奇："什么计划？"

"等长大了再和他在一起啊。"

"这个啊……你现在还是确定以后要和临泽结婚是吗？"

"是。"

向奇和周慧对视了一眼。他语重心长道："可是蔷蔷，你有没有想过,也许临泽会改变心意喜欢别人呢?还有你自己,是真的喜欢他吗?爸爸始终坚持一个观点,那就是结婚一定要和喜欢的人结。"

向蔷不是小孩了,她能理解这会儿父母的教导,也知道小时候的那些誓言只能被称为童言无忌。

但今晚问一百遍,她还是那样回答——"是"。

只不过……到底什么叫真的喜欢一个人呢?

向蔷撑起下巴,手指沿着瓷碗的边缘滑来滑去。

她问:"爸,喜欢是不是一想到那个人就觉得开心,关于他的所有问题都会有肯定的答案?"

向奇点头道:"你说得没错,但这种感情放在我们身上、你其他朋友身上也适用,爱情还有一种更独特的感觉。"

"是什么感觉?"

向奇看了眼周慧,脸渐渐红了。他说:"爸爸难以形容,大概就是神魂颠倒的感觉吧。"

向蔷翘了翘嘴角,意味深长道:"像你对妈妈的感觉?"

周慧也红了脸,起身去洗碗:"还说蔷蔷像谁,我看就是像你,好好的姑娘,被你教得不懂什么叫羞羞脸。"

向蔷笑起来,大声说道:"爱就要勇敢表达出来啊。"

向奇举杯表示赞同,他像喝醉了一样,喊道:"老婆我爱你!女儿我爱你!"

向蔷道："爸爸我也爱你！妈妈我也爱你！"

激情热烈的表白回荡在温柔的夜里，顺着虫鸣声飘到隔壁。

饭桌上，姜怀明一个劲儿地让季临泽多吃点，说初三了，会辛苦一些。

林如梅也十分关心儿子的身体，嘱咐道："学习成绩已经这么好了，想去的高中也大概率能去，就别太追求其他突破了，别让自己有太大的压力，如果有同学找你出去散步或打球，就多出去活动活动。"

季临泽浅笑着，没有反驳也没有答应。

林如梅盯着季临泽看了会儿，脸上也浮现出笑意，转头随口问道："今天家长会怎么样？"

姜怀明："这个……那个……我很自豪！"

"噗！"林如梅被他憨厚老实的回答逗笑，"我是说老师说什么了。"

姜怀明："说临泽很优秀，说的都是些夸奖的话，别的家长都用羡慕的眼神看我。"

从前林如梅不会放手季临泽的事情，这一次是凑巧，她今天要去照顾临泽的外婆，实在脱不开身才让姜怀明去开家长会。

她有过担心，但眼下，好似一切都很好。

一切都很好，自从她选择了这个男人后，生活展现的都是美好的一面。

　　林如梅说道："你要是喜欢，那下次还是你去好了，我也省力了。"

　　姜怀明："那再好不过了！"

　　但姜怀明将情绪掩盖得再好也没逃过季临泽的眼睛。

　　吃过饭，趁着林如梅去洗澡的工夫，季临泽帮他收拾碗筷，问道："爸，老师还说什么了？您看起来有心事。"

　　"这个……那个……"

　　季临泽静静地等着他。

　　片刻，姜怀明说："你喜欢蔷蔷吗？男生对女生的那种喜欢。"

　　季临泽没回答这个问题，只说："我们没有谈恋爱，关系还和以前一样，老师们大概是误会了。还有爸，这个事别和我妈说，省得她瞎操心。"

　　姜怀明点点头，十分相信季临泽："行，只要你们知道自己在做什么就行。嘿嘿，还挺激动，我们爷俩也有小秘密了。"

　　季临泽勾着嘴角笑。

　　夜愈来愈深了，这个夜晚，十五岁的少男少女不约而同地失眠了。

　　每个人都逃不过小鹿乱撞的青春时期。

　　它用心头的悸动与不受控制的脸红告诉每个少男少女，有一种不同于亲情与友情的感情在春天发酵，在夏天成熟，在每一个夜晚悄然入梦。

时间如常溜走，在很平凡的一天，心跳给出了答案。

四月，一模考试即将来临，大家刷题刷得暗无天日。

课间休息时，向蔷决定去找隔壁的季临泽一起去小卖部喝一盒巧克力牛奶放松一下。

走廊寂静，大家都在努力刷题，向蔷收起以往的张扬，放轻脚步，慢悠悠地走到隔壁班。

他坐在教室的最后一排，挨着窗户，与春风为伴，十分显眼。

走近后她发现季临泽正在教他的同桌做题。他的同桌就是校花李琳琳。

她看了会儿，人生第一次心里泛酸，仿佛心里的梅子汁被打翻了一样，气泡咕噜咕噜地直往上冒。

怎么说呢，她很讨厌李琳琳。

不过她这会儿还是个有礼貌的小孩。

而李琳琳呢，确实长得美丽，一双水汪汪的杏眼，头发在阳光下泛着光，笔直柔顺。

算得上我见犹怜。

但李琳琳的成绩和长相背道而驰，至少向蔷从未在第一考场里遇见过她。

许是向蔷生长在一个人人见了她都爱夸她几句的环境里，她向来自信。她不在乎什么校花、班花的头衔，她觉得只要自己满意自己的个人风格就可以。

　　不过现在一看，这样可爱温顺的校花李琳琳和季临泽坐在一起还挺般配的，场面像极了前段时间她看的言情小说封面。

　　说起言情小说，向蔷感慨颇多。

　　一切要从初三分班后她接触到的新同桌说起，新同桌是个戴着厚厚眼镜片眼镜的女孩，成绩忽上忽下，最爱在上课时偷摸看小说。

　　在此之前，向蔷接触的文学作品只有语文书上推荐的名人名作，再往前便是家里堆得老高的作文选集、童话故事，还有认识季临泽之后买的一堆专业摄影类的书籍。

　　有一回在自习课上，她半天解不开一道数学题，烦躁地掰断了一支笔，为了舒缓自己的情绪，她向同桌借了一本小说看。

　　就这样，她打开了新世界的大门，头一回知道原来在这世界上还有这样一种感情——它可以深入骨髓，让人心甘情愿地付出一切。

　　不过故事里头的主角大多数是季临泽和李琳琳这种类型的——笨蛋美人和帅气校草，像她这样脾气大的只能当个恶毒女配。

　　啧。

　　其实这样也不是不行。

想到这儿，向蔷靠过去，出声道："这么简单的题也不会吗？一模考试可怎么办？"

季临泽和李琳琳一抬头就看到笑眯眯的向蔷。

皮笑肉不笑的样子。

李琳琳知道自己成绩差，是想努力一下的，但现在被向蔷这样羞辱，瞬间涨红了脸。

几秒后，她哭了。

季临泽没见过女生哭，因为向蔷从来不哭，所以他从来没哄过女生。

他看看向蔷，再看看李琳琳，微微挑眉，直叹气。

向蔷拍了拍李琳琳的背，说："喂，哭什么啊，我说的可是实话，别哭了，起来做题，哭是没用的。"

李琳琳哭得更凶了。

和李琳琳关系好的女同学立刻过来安慰她，班里那些顽劣的男生则靠着墙看戏。

季临泽从后门绕出去，拉走了向蔷。

他没有拉她的手腕或者手臂，而是手。

春光明媚，穿堂风柔情万丈。

向蔷看着两个人交缠在一起的手指，心里的那点醋意消失了。

到了小卖部，季临泽给她买了她最喜欢的巧克力牛奶。

向蔷有点意外。

她喜欢的那款巧克力牛奶很小众,大超市里没有,只能在一些小卖部里找到,碰巧,学校的小卖部里就有。

刚来学校时她几乎每天都要喝一盒,见她经常喝,季临泽便知道了这是她最喜欢的饮料。

她偶尔会让他买给她喝,也曾向他推荐过,不过他连尝都不愿意尝。

他说他不爱吃甜的,同时觉得这牛奶太过劣质。

向蔷没强迫他。

她知道,他是健康达人,不吃辣条不喝饮料。

她曾问过缘由,当时季临泽想了很久,不太在意地说:"也没什么,我妈从小就是这么要求我的。"

向蔷想到,周慧也是这么要求她的,不过人生在世,谁能辜负一盒巧克力牛奶呢?

当晚她和周慧聊起这件事,周慧惊讶于季临泽的自制力,也惊讶于向蔷偷偷摸摸喝了那么多盒巧克力牛奶。

周慧立刻去找了季临泽,希望他能监督向蔷,减少她在学校喝饮料的次数。

从那以后,季临泽再也没有为向蔷买过巧克力牛奶,不过好在他还有点私心,有时候看到她买来喝会睁一只眼闭一只眼。

这会儿,向蔷太意外了。

她接过巧克力牛奶，吸了两口，快速在心底盘算这盒奶背后隐藏了多少利益关系和人情世故。

两人站在小卖部门口，一个喝奶一个喝水。麻雀停在电线上，小脑袋一歪一歪的，叽叽喳喳地叫个不停。

课间十分钟的休息时间非常短暂，来买东西的学生买完就走，只有他们两个停在那儿。

季临泽喝了口水，吸了一口气，看向身旁的向蔷。

她眯着眼，喝得专注，漂亮的眼珠偶尔转动几下，不知道在想什么。

他微微挑眉，问道："好喝吗？"

向蔷："还行。"

季临泽笑，重复她的话："还行……"

向蔷不明白他这是什么意思，视线移到他身上。

风拂过，那排麻雀飞走了，又软又白的云在空中聚集又散去，露出一片湛蓝清澈的天。

季临泽还在笑，接着继续缓缓喝水，快喝完时他才说话。

他侧身把空瓶子投进边上的垃圾桶里，顺手点了点向蔷的额头，说："不是人人的心理素质都像你这么强的，你刚刚惹她干什么？"

"还不是因为你，'红颜祸水'。"

"我怎么就'红颜祸水'了，我看……是你吃醋了吧？"

向蔷笑了一下,打心底里觉得他用词很准确。

她承认得干脆:"嗯,是的,我吃醋了。"

她补充道:"这是我认识你这么久,第一次见你教女生功课。你不对劲。你还记得你的承诺吗?"

"什么承诺?"

"你说你会等着我。"

"那我目前有什么行为是表示我没有在等你吗?"

向蔷给了他胸口一掌,睨他:"你少给我玩那些文字游戏。我知道大家在背地里是怎么八卦你们的,他们说你们俩'珠胎暗结'呢。"

季临泽双手插进校服裤口袋里,目光顺着向蔷的脸掠过她的后脖颈。

她今天穿了件蓝色毛衣,里头搭了件白衬衫,衬衫的领口没翻好。

他伸出手,把她拉到跟前。

他笑着说:"会用成语吗?还亏老师说你的作文进了'全市十佳'。"

他边说边慢条斯理地给她翻领子。

向蔷身高有一米六五,在女生里个子算拔尖的,她也时常为自己有两条大长腿而感到自豪。

可这会儿两人面对面站着,她才发现她的头只能到他胸口。

那个原本和她个子差不多高的小小少年是什么时候和她拉开身高差距的？

向蔷缓缓抬头看他。

好像不只是身高，他的手臂、脸庞以及眼神都和以前有点不一样。

而且今天他穿的黑色运动外套上有种她从来没闻过的味道。

像什么呢？

像……

突然，她缩了下肩膀，浑身起了一层鸡皮疙瘩。

他的手指碰到了她后脖颈的皮肤。

季临泽狐疑地看着她："你抖什么？"

向蔷咬着吸管，纠结半晌，十分肯定地说："我心动了。"

季临泽："……"

她睁着一双细长眼眸，瞳仁清亮纯净，直勾勾地看着他。

季临泽语塞了几秒，喉咙微微干涩发痒。

"说什么呢？"

他不等她回答，直接把人拖走了。

留下身后一脸震惊的小卖部老板。

到了教室门口，季临泽几度欲言又止，两个人对望着。

许久，季临泽说："差不多要上课了，我进去了，你今天喝完这盒别再喝了。"

向蔷顶着微红的脸颊点头。

巧克力牛奶的浓郁甜味在唇齿间散开,一点点流入心底,顺着心脏的每次跳动最终变成甜蜜的眼神。

向蔷沉浸在刚刚一瞬间的心跳漏拍带来的失重感中,直到季临泽往他教室的方向走了几步,她才猛然回过神来,想起来她还有一些话没说。

"季临泽!"

季临泽停下脚步,转身看向她。

他以为她是喝完了牛奶要扔垃圾,习惯性地朝她伸出手,说:"要扔垃圾吗?给我吧,我帮你去扔。"

向蔷晃了晃轻飘飘的牛奶盒,确实空了。

她垂下眼,踮着脚尖,轻轻地走到他面前,把牛奶盒塞到他手里,接着郑重说道:"我想我有必要在这个内心容易躁动的年纪再次提醒你一声,我们是有婚约的,并且我恪守本分,一心一意地坚持有……五年了,对,五年了。希望你也能坚守自己,抵抗住诱惑。"

他背对着太阳,身姿挺拔,轮廓朦胧,向蔷看不清他的神色。

只听他发出一声笑:"小屁孩。"

说完,他揉了揉她的脑袋走了。

向蔷没有细究他的反应和话里的意思。

她还沉浸在荷尔蒙分泌制造出的美好氛围中。

她在原地站了很久,直到上课铃声响起,她才动身。她昂着下巴,手背在身后,轻快地走进了自己班级的教室。

这节课是体育课,不出意外被占了课,毕竟一模考试近在咫尺。

爱看小说的同桌正在双手合十祈祷老天开眼,赐给他们一节难得的体育课。

向蔷无所谓上什么课,当然,如果能休息一下那也挺好。

人是不能让自己太紧绷的。

没想到,今天老天还真开眼了。

体育老师夹着一份报纸慢悠悠地走了进来,把报纸往讲台上一拍说:"上自习。"

"耶!耶!"

"呜呼!"

大家惊呼不断,但很快又安静下来,开始做自己的事情。

向蔷双手托着下巴,眼尾微翘,脸上带着若有若无的笑意,不知道想到什么,她时不时笑一下。

在静得能听见针落地的声音的教室里,她的笑声过于明显,惹得坐在边上的同学纷纷转头看她。

向蔷没察觉,还是同桌扛不住大家疑惑的眼神才提醒她的。

向蔷朝周围投去淡淡的眼神,大伙随之收回了目光。

同桌戳她的手臂，给她递了张纸条，上面写着：你笑什么呀？

向蔷此刻很兴奋，很快在纸条上写上回复传回给同桌。

她说：我大概三年后会和季临泽在一起，七年后结婚，然后生孩子，我刚刚在想，他带孩子的场景一定很搞笑。

同桌：啊？

向蔷知道她不懂，没有回复，继续撑着下巴畅想。

少女的心在这一天开出花，眼神拉出丝，与此同时对未来的每一步都更为明确——要成为什么样的人，要如何制造出生活中的幸福感，并且享受其中。

只是距离真正的长大还有好久，还要迈过一道又一道的关卡。

中考结束的那天，向奇、周慧带着向蔷去吃奖励餐。

结束了一个关卡，向蔷稍稍松了口气，心情愉悦的她开始和向奇谈心。

她不羞涩于分享自己丰沛的情感。

她眼里有光，绘声绘色地描述着自己对季临泽的情感。

周慧依旧当她是孩童，认为她的这种烦恼只是随口说说，反倒是向奇，认真倾听，心中感慨万千，想着女儿终于长大了。

人嘛，一生必定要经历这样一些过程：对父母由索取到回报；对朋友从模糊结伴到真心付出；对喜欢的人从情窦初开到陷入心动与茫然。也许有的人幸运点，能一生一世一双人，也许有的人的幸运来得迟一点，寻寻觅觅终于找到一段良缘。

也许有的人反复摸索后决定开启一个人的旅程。

当这些发生时，都不必太抗拒、太讶然，这是人天生就具有的情感的觉醒时刻。

向奇听完笑着问她："那接下来你想怎么做？"

向蔷不知道，反问："我应该怎么做？"

向奇说："应该怀揣着这份喜欢经历一下时间的沉淀。看看到你们真正毕业那一天是否仍是这种心情，如果是，爸爸支持你去大胆地感受这个世界上的感情，如果成功了你就享受，如果失败了你就接受。不在意得到与失去，要懂得拥有了就知足。爱的最高境界，是绝对的自由。"

向蔷："前半段我听懂了，我也同意你这个观点，并且这也是我的计划。但是后半段……你是说我和季临泽以后可能会走向失败的结局吗？嗯……离婚？"

"哈哈哈哈！"向奇乐不可支，"傻孩子，爸爸的意思是，你不能只顾着自己，你得想想，临泽是不是也这样喜欢你。上一次，爸爸也说过这样的问题，你忘了吗？"

向蔷回忆了一番，嘴唇弯起："记得，不过当时我没太放在心上。不过他怎么会不喜欢我呢？我的成绩时常和他并列第一，各种奖项也不输于他，我们对彼此知根知底，还有婚约。"

"哈哈哈哈哈！"

向奇更开心了，笑声回荡在饭馆里。

话题和往常一样，慢慢地被岔开，但这一次，向蔷把向奇的话放在了心上。

这一晚，她罕见地失眠了。

第二天向蔷醒来时已是黄昏，夏风裹在夕阳的余晖中轻轻吹拂，光影在房间的地板上缓缓摇曳。

向蔷推开窗，声音惊扰了停在电线上的麻雀，于是麻雀们都哗啦啦地飞走了。

她伸了个懒腰，深深吸了口新鲜空气。

周慧已经下班了，在楼下做饭，向蔷听见她咚咚咚在砧板上切肉的声音。

向蔷撑着下巴一边欣赏日落，一边听从周慧的刀尖下飘出的乐曲。

她的目光随着飞鸟游走，余光里此时恰巧出现一个人影。

向蔷朝旁边看去，隔壁院的季临泽正好从屋里出来，手里捧着一本书。

向蔷眯了眯眼，试图看清那本书是什么书。

她的直觉告诉她，季临泽在背着她偷偷学习！

她分析过他学习好的原因，除了天生的智力优势，他简直勤奋得不像话。

寒假会复习知识点，暑假会提前预习课本，平常不喜欢出门，就喜欢待在书桌前做题。

中考刚结束，他看什么书？

她的直觉再次告诉她，他应该在预习高一的课本……

没必要这么"卷"吧！

向蔷快速清醒过来，折回房间，随手捞起一条裙子换上，用清水洗了把脸后飞速朝季临泽家跑去。

霞光万丈，夕阳缓慢下沉，不远处高高低低似剪影般的树成了这个傍晚的背景板。

季临泽远远地就看见一个轻盈的身影朝他飞奔而来。

她的长发在晚风中飞扬，裙摆漾起圈圈涟漪。

这样的场景、这样的画面，过去几年里似乎时常发生。

他合上手里的书，往身后一放，闲散地靠着水池边缘，凝视向蔷。

她气喘吁吁地往他边上一靠，扯下手腕上的橡皮筋，三两下把自己的长发扎起。

季临泽盯着她乱糟糟又松散的丸子头发笑，戳了戳后，说："刚睡醒？头发都不梳。"

向蔷斜他一眼，没理他这话，而是眼疾手快地扯出他藏在身后的书。

她拿过来一看，果然，是高一的数学课本。

她难以置信地问道:"你哪儿来的课本?"

季临泽:"班主任给的,他女儿今年正好高中毕业。"

"你的班主任不就是我的语文老师吗?他居然只给你不给我!亏他平常还对我亲亲热热,说我是他的骄傲!"

季临泽见她咬牙切齿,笑得更欢了。

向蔷把书拍他脸上:"刚结束中考,你有必要这么刻苦吗?还笑,这本课本,我没收了。还有其他课本吗?通通没收!"

打打闹闹间,向蔷没站稳,脚被水池边缘高低不平的石块绊了下,季临泽条件反射地搂了她一把。

向蔷顿时安静下来,她双手虚搭在他的双臂上,眼珠子转啊转,最后停在他的脸上。

她有一双细细长长如狐狸一般的眼睛,内勾外翘,不笑的时候威慑力十足,但一旦笑起来,如春风拂面,动人心魄。并且随着年龄的增长,她越来越有自己的风格和气质了。

季临泽被她盯得心烦意乱。他转开眼,扯着她的胳膊把她扶正,卷起那本数学课本往向蔷的脑袋上敲了下。

季临泽:"没收什么,老师只有这一套书,他让我们错开时间看。"

说完,他卷着书往屋里走。

向蔷摸了下发烫的脸,嘴角弯起,轻快地跟了进去。

她一副轻车熟路的样子,甚至对他房间里的一切都无比熟悉。

这几年的周末和假期,她几乎都是在这儿度过的。

季临泽停在门口,没进去,只是指指他的书桌说:"上面有其他科目的课本,你可以先拿回去看。"

向蔷也跟着停了步伐,挑眉道:"不,我就要你的数学课本。"

季临泽这会儿已经走到了厨房,听到她的话,转身把课本扔给了她。

书在空中形成一道抛物线,书页呼啦啦翻动,准确无误地落入向蔷怀中。

季临泽转身打开冰箱,骨节分明的手指在冷冻层拨弄着各种冰棍。

向蔷说:"我也要。我妈都还没来得及带我去买呢,你家今年买得蛮早的。"

季临泽给自己拿了一根盐水棒冰,问她:"你要哪个?"

"'绿舌头'!"

夕阳又下沉了些,斜斜长长的树影在院子里流转直至消失。

前两天中考时下了暴雨,这会儿地面还是湿漉漉的,也怪不得水池边上莫名多了些小石头,指不定是从哪儿来的。

两个人拿上冰棍回到了水池旁。

塑料包装被撕开,冰棍清凉的冷气扑到脸上。

向蔷满足地舔了一口,冰棍前头裹着的一层薄冰在她的舌尖上融化，露出带有夏天味道的绿色。

向蔷没由来地感慨道："这种冰棍居然能卖这么多年，我记得第一次吃它的时候是在小学，大家下了课都抢着去小卖部买，入口软绵绵的，真像个舌头，大家拿着它甩来甩去。你那时候会这样吗？"

他们不在同一所小学，但向蔷想，童年应该都差不多吧。

季临泽咬下一口盐水棒冰，透明的冰块在他的口腔里翻滚，偶尔滚到腮帮子处，鼓起来一块。

他等嘴里的凉意变温和了些后，回答道："没，我小时候不吃冰，上了初中才开始吃的。"

向蔷愣了下，但很快明白过来。

应该是林如梅不让他吃的。

林如梅很注意他的身体健康。

向蔷用手肘捅他："那你是不是应该谢谢我，现在你妈允许你吃，肯定是因为受了我的影响，我亲身证明了吃冷饮不会吃坏身体，冷饮算不上垃圾食品。"

季临泽哼笑出声，没理她。

但这轻微的笑声却笑到了向蔷的心里。

她的余光里满是他俊朗的身影。

他应该已经洗过澡了，身上有股清凉感，穿的棉质白T恤也散发着极淡的洗衣粉香味。

她慢慢地吸着冰棍上的甜水，十分直接地把目光放在了季临泽身上。

边上灼热的目光很难忽视，季临泽伸手过去，把她的脸摆正。

他问："老看我干什么？"

向蔷勾着嘴角笑，瞳仁里映出夕阳的余光，还有他的脸庞。

向蔷一副志在必得的模样。

她耸了下肩膀，扭过头，慢悠悠地问道："你说十年后我们在干什么呢？"

季临泽："上班吧。"

"你能不能回答得有趣点？"

"不怎么开心地上班。"

"哈哈哈哈！"向蔷又问他，"那……三年后呢？"

季临泽像抛皮球似的把问题抛回来："你三年后在干什么？"

向蔷太了解他了。

闷骚又贱兮兮的。

她把软绵绵的"绿舌头"拿到他眼前晃，脸皮极厚地说："三年后啊，得到你。"

被一口冰呛到，季临泽剧烈地咳起来，咳得耳朵都红了。

向蔷一边帮他顺气一边肆意地笑。

她摸着他的耳骨，歪着脑袋，故意问他："你会对我脸红心跳吗？"

会有她那样的感觉吗？

会觉得她和别的女生是不一样的吗？

会和她一样在期待中长大吗？

季临泽咳了好一会儿，才咽下嘴里的碎冰。他把棍儿扔进旁边的垃圾桶里，接着装模作样地转身拧水龙头，双手搓洗，试图洗去冰棍带来的一点甜腻的触感。

这还不够，他顺带洗了个冷水脸。

水打湿了他的发梢，滴滴答答地沿着他的脸颊滴落。

向蔷一边逼问一边小动作不断。

"吃个冰洗什么脸，你在装什么？你到底有没有？

"季临泽，你的答复对我很重要。

"你不会害羞了吧？"

说着，她将食指顶到他的侧腰处，挠痒痒似的戳他。

她知道，他怕痒。

以前只要她一挠他，无论过程怎样，最后的结果都会是他求饶。

但这次，她还没碰几下，手就被他反捉住。

那双张扬又温柔的眼里多了几分侵略意味。

他居高临下地看着她，视线从她的眼睛转到她的嘴唇上，忽地一笑。

他挑挑眉，慢悠悠地说："你猜啊。"

向蔷猜他有。

就拿她仅有的十五年的人生经验来说，她觉得感情是难以掩藏的。就算拼命掩藏，它还是会从生活的细枝末节和眼神里流露出来。

还是那句话，她太了解季临泽了。

他如果不开心了话会变少，却还是愿意陪她笑一笑。

他如果失眠了，会觉得与其翻来覆去地在床上浪费时间，还不如趁着夜色正好，出去溜达一圈。

他如果认真了，那张有着俊朗五官的脸会变得莫名严肃起来，那种坚毅的眼神令人生畏。

他偶尔嘴贱，喜欢捉弄她，惹她生气。

他说："小强，你要是画点眼影就跟梅超风一样。欸，你有没有眼影？要不要我送你一盒？"

他说："这道题都做不出来？你这样怎么和我比肩？"

他说："笨蛋，巧克力牛奶是调制乳，越喝越笨。"

每次他这么说的时候，她都会故意装作生气的样子，咬上他一口，看着他心满意足的笑容，她就知道，他们俩完了。

这辈子的相处模式定了。

她假装生气是因为她知道，他只是看见她有一次对着化妆品店里的化妆品发呆，怕买回家被周慧说；她知道，她一直在他的人生规划里；她也知道，他一直对她喝巧克力牛奶这事睁一只眼闭一只眼,他只是想她开心。

诸如此类的事情,太多了。

他对她有求必应。

第二章

一物降一物

高中录取通知书在七月送达，没有意外，他们都考上了本地最好的高中。

两人很平静，日子还和以前一样。

知了没完没了地叫，西瓜鲜甜的汁水适配每个傍晚，说说笑笑间一天就这么过去了。

那天中午，气温节节攀升，姜怀明和林如梅去了林如梅的娘家，要很晚才回来。向蔷躺在季临泽的小床上玩手机，打算毫无顾忌地在这儿玩一天。

电扇摇头晃脑地吹着，高高挂起的蚊帐被风吹得像气球一样鼓起。

季临泽正坐在书桌前修一台坏了的收音机。那是姜怀明听了三四年的收音机。

向蔷在看别人转发给她的短信笑话，她被逗得笑个不停，修长笔直的双腿蹬了又蹬。

季临泽瞥她一眼，提醒道："我的床不怎么牢固，你别把床蹬散架了。"

向蔷翻了个身，趴在床上，双手交叉撑在胸前，说："真的好好笑啊，我读给你听吧，比在报纸上看的还有趣哎。"

她说："你知道胖子摔下去死了叫什么吗？"

季临泽："不知道。"

向蔷："'死胖子'。"

季临泽嘴角翘了下。

向蔷见他很配合，又问道："你知道'钻石恒久远'的下一句是什么吗？"

季临泽："不知道。"

向蔷："'一颗就破产'。哈哈哈。还有，你知道'问世间情为何物'的下一句是什么吗？"

"不知道。"

"是'一物降一物'！"

季临泽轻笑一声，懒洋洋道："你别看多了真记成错的。"

"不会啊，娱乐嘛。以前不知道原来手机这么好玩呢，怪不得班里有些同学偷偷攒钱买，一有机会就偷着玩。"

季临泽："我觉得你最近也有点上瘾。你英语单词背到哪儿了？"

向蔷听到这话,放下手机,侧身,用手撑着脑袋,盯着他看。

她笑着说:"想管我啊?"

"没——"

一个"没"字刚出口,向蔷打断道:"不许说没想管,也不许说不想管,你要说想。"

季临泽终于快修好了,他小心翼翼地把收音机的外壳装上,拧上螺丝。

他顺着她的意思说:"想。"

向蔷:"可怎么办,我未来男朋友才能管我。"

他被气笑了,心中立刻了然,这种对话估计又是她从手机里看到的。

向蔷最喜欢看他吃瘪的样子,仿佛她取得了某种胜利,让人心情愉悦。

她吹了个口哨,感叹道:"原来真的是一物降一物啊。"

季临泽拍拍收音机,拨动开关,拔出天线后,收音机嗞了几声,接收到信号,里头传出女主持人明朗清楚的声音:"欢迎回到午间畅听,刚刚收到了很多条同学发的短信,大家都在说收到了想要的录取通知书,小金在这里恭喜各位同学,也从你们的文字里感受到了盛夏的美好,这首《七里香》送给你们。"

随着主持人的尾音变弱,歌曲的前奏开始切入。

书桌前的窗户开着,盛夏的风灌进来,垂在两侧的猩红色窗帘没有规律地摇摆着。

歌曲随风飘来：

窗外的麻雀在电线杆上多嘴，你说这一句很有夏天的感觉。

手中的铅笔在纸上来来回回，我用几行字形容你是我的谁……

向蔷跟着轻轻哼唱，低头继续玩手机，试图再找几个笑话逗季临泽。

季临泽收了螺丝刀准备去客厅，走到房门口时回头朝她问道："我要去拿根雪糕，你吃吗？"

向蔷："吃吧，和你一样的。"

"行——"季临泽应完，回头又问她，"今天月中，你能吃吗？"

向蔷不太在意地说："哦，对，我'大姨妈'来了，那就不吃了吧。"

季临泽扯了下嘴角，想说她几句，又咽了回去。

他随便拿了根雪糕，拆了包装，懒散地走回房间。

向蔷闻到了奶油的味道，和他商量道："要不给我咬一口吧，这天真热。"

季临泽："我知道你壮如牛，但别太放纵自己。"

"没事的，我觉得这都是天生的，班里的其他女生痛得死去活来，我就没有。你拿过来，让我咬一口。"

"等会儿可以让你舔下木棍。"

"去你的。"

吵吵闹闹间,那首歌快到结尾了,同时院子里传来周慧的声音。

"蔷蔷!蔷蔷!"

季临泽说:"你妈叫你。"

向蔷边应声"来了"边从床上起身。

季临泽倚在书桌那儿继续咬雪糕。

她穿上拖鞋,快步走,走到房门口时又折了回来,一把握住他的手腕往下拉,张大嘴巴去咬他的雪糕。

她的嘴离雪糕还差一厘米时,季临泽猛地抬高手,让她扑了个空。

季临泽拍拍她的脑袋:"死性不改,是吧?"

"就一口,又没事。"

"不行。"

"不行拉倒,走了。"

她脚步轻快,似蝴蝶一般"飞"回了自己家。

季临泽咬下第二口雪糕,鼻子嗅到了向蔷留下的一抹香气。

应该是她洗发水的味道,令人通体舒畅的香味,热烈浓郁。

吃完雪糕,他关了收音机和房门,往床上一倒,双手枕在脑后准备小憩。

午间烈日灼灼,外头的蝉鸣声像一张被拉长的弓,一声比一声长，听得人骨头发软。

　　季临泽怎么都睡不着，翻身想换个姿势入眠，手却碰到一个软绵绵的东西。

　　他睁眼一瞧，是一片卫生巾。

　　季临泽："……"

　　他再一次被气笑了。

　　这肯定是她上午来的时候顺手带过来的。

　　她是真把这儿当成她的第二个房间了，不把他当外人啊。

　　他撑起身，拉开右手边书桌的抽屉，把这片卫生巾放了进去，同时瞥见了里头的一本书。

　　书的封面破破烂烂的，颜色很旧，一看就知道被不少人看过。

　　他都快忘了家里还有这本书，这是几个月前班里的男同学塞给他的，挤眉弄眼地跟他说贼好看。

　　那时候忙着冲刺一模还是二模，他没心情看闲书，但青春期内心躁动，被那同学一顿暗示，他竟鬼使神差地收下了。

　　一收便收到现在。

　　这一回他也不知道心里头哪块地方发痒，挣扎了半晌，手指一钩，鬼使神差地把书拿了出来。

　　翻开书页，尘埃味夹杂着淡淡的霉味，扑面而来。

　　随着时光流逝，这个小小的屋子被阳光照得温度升高。

　　猩红色的印花窗帘晃荡出斑驳光影。

季临泽昂着头喘气,随手把书放在书桌上,眼睛直直地盯着蚊帐顶端。

电扇呼呼地吹,很久才吹散少年身上的热汗。

这会儿,他终于睡得着了。

但他做了个奇怪又能追溯到缘由的梦。

梦里是他们上初一的时候,他们各自经历了必要的成长。

向蔷初潮来时是在冬天,还恰好赶上过年。她跟着父母奔走拜年,某一天晚上精疲力竭地回到家,发现"大姨妈"来了,她立刻像吃了三粒还魂丹一样,变得神采奕奕。

像往常一样,她飞奔到他的屋子里告诉他这个喜讯。

她说:"我从现在开始只能喝热水了,而你作为我未来的伴侣,要责无旁贷地照顾我。"

把他都说蒙了。

没人给他们这群少男少女科普过生理知识,他人生第一次了解生理知识还是经向蔷科普的。

她井井有条地讲述人体的生理结构。

问她从哪儿知道的,她得意地回答说她也有同桌,她同桌的妈妈是医院的医生,早早地给自己的女儿讲过这些,她们女生之间也会互相讨论。

于是,他笨手笨脚地按照她说的做,给她倒热水。

他意识到她在诓骗他是因为,她还要求他给她按肩膀、捶背,还要他唱歌来舒缓她的心情。

被识破小心思的向蔷哈哈大笑。

把他惹生气了,她又贴过来轻声细语地哄着,她说:"每次我妈妈到生理期,我爸爸就是这么做的,所以你也必须这么做呀。"

他早就习惯了她的撒泼和恶作剧,放低了声音问她:"那你现在到底是难受还是不难受?"

向蔷仔细地感受了下,真诚地回答说:"没什么感觉。"

到现在为止,向蔷从未出现过她们所说的虚弱、无力、疼痛的情况,生理期对她来说和平常没有什么区别。

渐渐地,她忘了这茬,但他却莫名其妙地记下了。

向蔷被周慧叫回去是因为家里有一件喜事。

向奇和周慧把今天办下来的房产证拍在桌上,欣喜道:"蔷蔷,咱家在城里买房啦!"

而且房子距离她要上的高中很近,之后三年,她上学会便利不少。

在城里买套房是他们那辈人的执念,或许说,是绝大部分人的执念。

有新家谁会不开心呢?

向蔷捧着房产证仔仔细细地看了好几遍,又问了详细的住址和楼栋,开心之余又有点埋怨:"你们怎么不事先问问我呀?"

向奇解释道:"你那时候要考试,不能让你分心。而且爸爸可厉害了,做了很久的功课才选了这个房子,里头还有你最喜欢的落地窗房间!还能空出一小间房给你做书房!"

向蔷伸出手,向奇意会,父女俩击掌庆贺。

向蔷说:"我真为你们感到骄傲!"

夫妻俩被她逗笑了。

一家人围坐在一起畅想以后的生活,天快黑时,周慧一拍脑袋说该做饭了。

向蔷想到季临泽,她说:"姜叔叔他们今天会很晚才回来,我叫季临泽过来吃饭吧,顺便去和他分享下我的喜悦之情。"

借着院子里的光,向蔷轻车熟路地奔向他家。

但是他家一点光都没有,向蔷还以为他出去了。只是他能去哪儿?

他家大门还是她离开时的那样,轻轻一推就开了。

向蔷试探性地喊了两声他的名字,没人应。

她又拧开他房间的门把手,将头伸进去看。

在黑暗中,她和刚睡醒还躺在床上的季临泽对上眼睛。

他似乎还没反应过来,眼神迷离。

向蔷说:"你下午一直在睡觉吗?睡了很久吗?"

听到她的声音,季临泽脑子里有根弦断了,猛地坐起身,又意识到自己的反应太过奇怪，抬手抓了抓头发，回答说："嗯，有点累就睡得久了。"

"你干什么了就累了。欸，我有件事情要告诉你！你绝对想不到！"

"嗯？什么？"

他装作很自然地伸手去拿书桌上的书，恰逢此时，向蔷嫌屋里太黑，十分顺手地打开了他的台灯。

"临泽，你猜我家……你在干什么？你在藏什么？"

向蔷瞥见了他的小动作，并从他的眼神中觉察出一丝异样。

她的目光定格在他的手上，然后瞄准他手下死死按着的一本书。

季临泽心头一惊，快速把书拿走，往身后的被子里一塞。

他说："没什么。"

向蔷："我都看到了！你藏的是什么？给我看看！"

"没藏什么。"

"我看到了！"

"你看到什么你看到，你来……是干什么的？"

向蔷一个劲儿伸手去够，季临泽如一座山一样挡着她。

几个来回，两个人身上都出了汗。

向蔷打量了他一会儿，缩回手，耸耸肩，重回刚才的话题："我家买房了，在高中学校附近，我要搬家了。"

"前几天听我爸妈说了。"

"你都知道？我怎么不知道？"

"这我哪知道。"

"好吧。无所谓了，我想说的是，以后我们见面的机会变少，除了在学校，像周末、寒暑假之类的假期我可能就住那边了，你会想我吗？"

季临泽坐在床上，右腿屈起，右手搭在膝上，另一只手蹭了蹭鼻尖，似乎惊魂未定。

他咳了声，恢复了以往的散漫，说："你说呢？"

又来这一套。

向蔷翻了个白眼。

静默了两秒，她以迅雷不及掩耳之势掏出了那本被他极力掩藏的书。

封皮蜡黄，上头印着一个闭着眼，十指抚摸着自己的脖颈的长发女人，风情诱惑。

向蔷没吃过猪肉但见过猪跑，知道这是什么东西。

在她们女生读言情小说读得如痴如醉的时候，班里的那些男生不甘示弱，不知道他们从哪里搞来了这些书，传阅了好一阵。然后三分钟热度，不到一个月他们又开始传阅别的题材的书，那会儿，某个系列的恐怖故事让女生们不约而同地做了好久的噩梦。

那些男生呢？就在那儿哈哈大笑。

这爱读书的劲儿如果用在学习上，也不会在成绩出来时个个垂头丧气了。

她和季临泽平时也会看些闲书，但像这种类型的闲书，她是第一次正儿八经地捧在手里，也是第一次看见他看。

她还以为季临泽是那种与众不同的君子呢，因为在学校里那些男生讨论时他从不参与。

有几次她打趣他，问他看没看过，他要么把话题扯开，要么很正经地教育她。

原来……都是装出来的啊。

向蔷不反感这样的他，她觉得自己偏心偏到姥姥家了。

别的男生看这些就是无趣没劲，季临泽看这些，对她来说却像是发现新大陆一样。

她扬着嘴角，把书高高举起，随手翻开一页。

她字正腔圆地读道："刚子觊觎她很久了，他最喜欢她骨感纤细的脚踝，肤白如雪，透着股冷梅的香气，像是有魔力一般……"

她读得一本正经，但季临泽听得心乱了，嗓子有些发干。

他快速从床上起来，仗着身高优势，轻易把书抢了回去，看也没看就往床上扔。

扔了烫手山芋他整个人才放松下来。

向蔷抿着唇笑，眼眸纯净如天上明月，如狐狸般的眼里却又带着点得意。

她眨眼道:"你放心吧,我不会告诉别人的。"

"……"

"你从哪里搞来的书啊,我也想看。"

季临泽喉结上下滚动,顾左右而言他:"你到底来干什么,就为了告诉我你家买房了?"

向蔷盯着他看,笑而不语。

她把手背在身后,踮起脚尖,撑着他的书桌,坐了上去。

季临泽没看懂她要干什么。下一秒,他浑身的肌肉紧绷起来。

向蔷哼了声,说:"没劲透了你。我是来叫你去我家吃饭的,你爸妈不是要很晚才回来吗?"

季临泽不言不语,只缓慢地弯腰靠过去。

他的气息越发逼近,向蔷眼看自己要贴上他的胸膛,不由得呼吸一滞。

就在这时,他忽地止住动作。

她身后响起啪嗒一声,屋里的光瞬间消失,只留下一抹月光。

晚风一缕缕地从纱窗孔里挤进来,汇成一股涌动的风潮,吹起向蔷的长发,发丝纷飞似杨柳。

有一小缕发丝粘在了她的脸颊上,让她痒得不行。

但她的身体像被人点穴了一样,动弹不得。

直到耳边传来季临泽低低的笑声,向蔷才反应过来他是故意的。

她很用力地推他的肩膀:"季临泽,你找打是不是?"

他低声道:"扯平了,看你下次还敢不敢这么招惹我。"

季临泽说完自顾自地往她家的方向走去,留向蔷在原地发愣。

十几秒后,宁静的夜里传来少女不似威胁的威胁。

"季临泽,你完了。"

他漫步在月色下,在心里给了向蔷回应——

是的,我完了。

九月,两个人正式踏上新的征途。

全市最好的高中有着最严格的校规。

学校采取封闭式管理,高一、高二所有的学生都需要住校,且不准带手机。

仪容仪表更不用说,虽不强制性要求女生剪成短发,但要求把头发扎起来,男生则不准头发过长,所有人不准烫发染发,不准佩戴任何首饰,不准带闲散书籍进入学校,不准随意离校,等等。

那天报到,两家人各自开车送孩子去学校,向蔷想和季临泽坐一起,所以上了姜怀明的面包车,将行李都堆在了向奇的车上。

向奇的车跟在他们的车后面,车里放着这两天新出的歌曲——《你是我的玫瑰花》。

歌词通俗易懂,朗朗上口,向奇跟着哼唱,心情好得不得了,但偶尔也冒出一句:"哎,女大不中留,上个学还钻到别人车子里去了。我再也不是蔷蔷最喜欢的男人喽。"

周慧笑着白了他一眼："你就是这样，总没个正形，所以蔷蔷跟着你学成这样。一个女孩子，一点都不温柔安静，性格又要强得不行。老公，说实话，我有点担心蔷蔷一个人在学校里生活。"

向奇："担心什么？"

"万一她和室友处不好产生矛盾怎么办？万一把别人欺负了怎么办？你看从小到大，她让自己吃过亏吗？再说了，那可是全市最好的高中，聪明人不知道有多少，她万一考得不好，会不会抑郁啊？我听他们说，高中压力大，孩子最容易出现心理问题了。"

"哈哈哈，你别瞎操心，蔷蔷有哪次故意欺负过别人，她只是追求真理和公正。正因为她的性格是这样我才安心，女孩子太柔弱在社会上反而容易吃亏，就得有点骨气才能让别人不敢随意刁难她。不过住宿嘛，都是陌生人，难免会有不和的地方。学习这种事情，追名逐利这种事情，都是他们人生的第一课，需要他们自己解决。只要蔷蔷明白，我们做父母的永远在她的身后就可以了。"

周慧温柔地看着向奇，眼中满是欣慰和钦佩。她轻声细语道："你说得对。还好有你，要是我一个人，肯定没办法把蔷蔷教得这么好。"

向奇腾出一只手去握她的手："你又瞎说了。孩子是两个人教的，正因为你细心柔和，蔷蔷才这么可爱。"

周慧脸一红，抿嘴笑："哎，希望以后蔷蔷也能找到像你这样的人。"

"不用找了，我看临泽就挺好，性格沉稳大方，又降得住蔷蔷。关键是，那小子长得确实帅，以后咱们的外孙指不定多漂亮呢。"

"你啊，小时候说说就算了，现在他们处于青春期，很关键的，别乱起哄了。"

"没起哄，你没见蔷蔷多依赖临泽。"

"我知道，但是这种事情，等他们毕业以后再说嘛，现阶段还是以好好读书为主。"

向奇："那你就说，让临泽做你女婿，你乐不乐意？"

周慧"哎呀"一声："那……那我肯定乐意啊。"

"哈哈哈哈……"

面包车里，姜怀明和林如梅坐在前头，季临泽和向蔷坐在后头，脚边放着两个人的书包。

目前书包里空荡荡的，只有一些随身物品和一张录取通知书。

向蔷正饶有兴致地读校规手册给大家听，想活跃下气氛。

她发现，时不时皮一下的季临泽在父母面前不怎么说话，而姜怀明又是老实人，话也不多，林如梅呢，更是温柔到极致。

不过每当她说些什么的时候，大家都会给予热烈的回应。

校规说不准男生头发过长，她就去摸季临泽的头发，比画长短，他没躲，只不过故意逗她说自己好几天没洗头了。向蔷不信，但十分配合地露出嫌弃的表情，说了他几句。

校规说不准带闲散书籍进入学校，她就朝季临泽挤眉弄眼，小声问他有没有偷偷带。季临泽哼笑一声，懒得理她。

念到后面，向蔷对着手册笑了起来，问大家："这些很难做到吗？"

姜怀明说："虽然叔叔没读过高中，但听起来感觉不难做到，只要好好念书，不理会其他的，踏踏实实的，就没有问题。"

林如梅说："你们都是好孩子，肯定不会违反校规的。"

向蔷瞟向季临泽，意味深长地喊他："好孩子。"

季临泽忍无可忍，伸手去捏她的脸。

向蔷吃痛地吸了口气，精准反击去挠他痒痒。

一时之间，后座乱成一团。

姜怀明劝架道："别打了，别等会儿搞受伤了。"

林如梅说："从小就打，怎么都要上高一了还打，都是半个大人了。"

话音刚落，车子碾过一道减速带，颠了下。

向蔷随着惯性往前一倾，随后跌进了季临泽怀里。

两个人都是一愣。

他的脸肉眼可见地变红。

三秒后，他淡然地推开向蔷，弹她额头说："不闹了。坐好。"

"哦。"

向蔷用余光打量着季临泽，发现他连耳朵都覆盖上了一层薄薄的粉色。

她没忍住，扑哧一声笑出来。

少女眉眼弯弯，笑声清脆，肩膀随着笑的频率耸动，锁骨凹凸，似一杯在车内摇晃的橘子汽水。

林如梅感到奇怪，问道："蔷蔷，怎么了，什么这么好笑啊？"

向蔷摇头道："叔叔阿姨，要不把空调的温度调低一些吧，我看季临泽似乎挺热的，脸都红了。"

姜怀明从后视镜看情况："这么热吗？"

说着他调低了空调温度。

四十分钟后他们到达学校门口，前面的街道挤满了车，向奇和姜怀明见状，便让他们先在校门口等一下，等他们找到车位停好了车后就来。

烈日炎炎，四个人站在一棵香樟树下。

林如梅和周慧在闲聊，一会儿说持续高温的天气，一会儿说哪里的衣服在打折，一会儿又不约而同地看着眼前陆续进入学校的学子，讨论哪个姑娘长得好看、哪个男生长得标致，又或者是哪家行李带得真少。

向蔷热得身上出了一层薄薄的汗，她抬手挡在眼前朝太阳望去，说："不知道是不是我的错觉，总觉得小时候九月没这么热的。那时候吹个电扇就足够凉快了，现在家家都开始安装空调，没空调都要没命了。希望正式开学后温度能降一点。"

季临泽站在她的侧后方，掰了掰那本手册，调整成适合手握的弧度，轻柔地给向蔷扇风。

向蔷一下就感受到了凉风，用口型说了句谢谢。

季临泽挑了下眉，表示收到。

向蔷看他也热得出了汗，从书包里掏出自己的手册，学着他的样子，给他扇风。

她眨巴着眼睛，看似单纯地问道："应该没有刚刚在车上那么热吧？至少现在脸不是红的。"

"你还说。"

"我又不是故意的，是车子颠簸得太突然。"

"我的意思是，你还说，你知不知道害羞？"

"我'母鸡'（不知道）啊。"

季临泽被气笑了，同时余光瞥到两位母亲正在看他们，他结束了这个话题，转而问向蔷东西是否都带齐了。

周慧看着两个孩子互相体谅，互帮互助，心里感慨颇多。

向蔷一向是被他们捧着长大的，有时候过于自我，能这样学着去照顾别人、体谅别人，真好。

林如梅起初也是笑着的，但渐渐笑不出来了。

这个暑假好似一道分割线，不再把十五六岁的孩子归类于小朋友，他们的言谈举止也不能再当作开玩笑了。

以前就算所有人都打趣他们要结婚，就算向蕾毫不避讳地说喜欢季临泽，她都不在意。

在这个陌生的环境里，这种温情和善意让她充满苦难的人生有了丝丝甜味。

可现在，是多敏感的年龄。

但……也不一定不是吗？她一直将儿子保护得那么好。

自我安慰一番后，林如梅才稍稍松了口气。

一旁的周慧见林如梅神色凝重，晃了晃她的胳膊喊道："如梅、如梅，你在想什么呢？我和你说话你听到了吗？"

"啊？什么？你说什么？"

"我说，看来看去还是咱们临泽长得最俊俏，都是遗传的你。"

林如梅谦虚一笑："哪有，这孩子还是长得像他亲爸多一些。"

说起季临泽的亲生父亲，周慧有些惋惜，叹道："我没记错的话，他亲爸走的时候还不到三十岁吧？"

林如梅："是，二十八岁就走了，那时候临泽才五岁，看似是什么都不懂的年纪，但当时也跟着我哭得撕心裂肺。"

周慧拍了拍她的肩膀："好了，咱不说这个了。人要走老天也没办法，活着的人总是还要继续生活的。看眼前，如梅，眼前什么都是好的。"

林如梅笑笑，目光落在季临泽身上："是啊，我现在就一个心愿，希望临泽好好长大，开心生活就好了。"

"会的，不仅如此，他还会很有出息呢。临泽和别的孩子可真不一样，比我们家蔷蔷都优秀很多，如梅，这都是你的功劳。"

"你又和我说笑，他哪能和蔷蔷比，到底还是女孩子更像小棉袄，贴心。"

周慧捂嘴笑。

两个女人很快又聊起了别的话题。

姜怀明和向奇把车停好后，小跑过来，拎起大部分的行李随着人流入校。

校方在门口设立了报名流程指示牌。第一步是要找到学生的班级。

人们一窝蜂似的挤在长廊前看名单。

向蔷将手按在季临泽的肩膀上，不停地踮脚看。

几乎没花多少时间，她就在高一（1）班的名单上找到了她和季临泽的名字。

被分到一个班级是预料之中的事，他们的中考分数差不多，且都接近满分，而这所学校是按名次来分班的。

不过，向蔷忍不住感慨道："我以为我们已经很优秀了，没想到1分的差距可以让我们隔开十个名次，而且你看，好多人分数都是一样的。"

季临泽个子高，即使站在人群后面也早早将这分数排名看得一清二楚。

这也是在他的预料之中的。

没有人可以永远一枝独秀。

不过他对自己想要的志在必得。

他低头看了眼身旁的向蔷，轻轻勾起嘴角，说："走吧，去报名处缴费再去教室会合。"

向蔷："好啊。那等会儿拿到宿舍信息后，爸爸妈妈们去宿舍整理一下，我们先去教室认识下同学和班主任？"

双方父母点头。

决定好后，两拨人分开行动。

教室要比他们想象的难找，偌大的校园，梧桐树树大根深，基础设施也比小县城的学校要多许多。

一众新生来来回回，绕着路牌走了一圈又一圈。

二十分钟后两个人终于找到了教学楼5栋。高一的班级有十三个，几乎占据了半个教学楼。

好在一班就在显眼的一楼。

高一（1）班里来的学生不算多，有大量的空位。

向蔷选了最后一排靠窗的位子，自个儿坐下后，拍了拍身边的座位示意季临泽坐。

这种微妙的互动让教室里其余的学生纷纷侧头看来，他们的眼神仿佛在说这两个人是认识的，他们怎么会认识？能有个认识的人在一个班真好啊。

向蔷没在意，自顾自地打量着教室的环境。

教室不算旧，整体干净整洁，风扇的力度也给力。

季临泽坐在一旁喝水，水还没带走身体的热意，就听向蔷说："上初中时你就坐在最后一排靠窗的位子，一直是李琳琳陪着你，现在换我，你习惯吗？"

她的声音不大，但奈何教室里的同学互不认识，都不怎么说话，便显得她的声音极其突出了。

那些同学这次投来的眼神里多了些对他们关系的揣测。

季临泽呛了下，随后咽下矿泉水，慢条斯理地盖上盖子，瞥了向蔷一眼，低声道："不都和你解释过了，还拿这个揶揄我。"

"怎么是揶揄，只不过是触景生情罢了。不过你也功德无量，听说李琳琳考上了普高。"

"你怎么知道这事？我都不知道。"

"那天回学校拿毕业证的时候碰到她了，你当时好像去找语文老师了。她还挺可爱，睁着一双大眼睛，激动地对我说谢谢我们。"

季临泽笑起来："谢——我们？你对她有什么帮助？"

向蔷右手撑在桌上，手掌托着下巴，冲季临泽挑眉，漫不经心道："她谢我那天的激励。"

季临泽很快想起她口中的"那天"是哪天,他不会忘记那天的,对他来说那是个里程碑。

他翘了下唇角,打趣向蔷道:"你那是激励吗?都把别人说哭了。"

向蔷:"你不懂,人有时候就要受一些刺激,不然没有动力。"

"那现在,排在你前面的有十个人,你有动力吗?"

"有啊,我无所不能,我会考到第一的。我们不是在很早很早之前就约好了,你去当飞行员,我去当摄影师。季临泽,我从来没有忘记过。你不信的话,我们在这里立下赌约,三年后谁没有实现梦想谁就要答应对方一个条件。"

"行啊,到时候谁反悔谁是小狗。"

向蔷伸手挠他的下巴:"嘤嘤嘤,你本来就是小狗。"

季临泽懒散地靠着座椅,双手放在裤袋里,一双狭眸幽深清亮,动也不动地看着向蔷。

进教室的同学越来越多,很快位子都坐满了。

不久后,一个微胖的秃顶中年男人抱着一摞文件走进来。他推了推鼻梁上的眼镜,轻咳一声,底下的说话声不约而同地消失。

男人做自我介绍:"我姓黄,单名一个'柏'字,松柏的柏。以后我就是你们高中三年的班主任,你们可以叫我一声'黄老师',也可以叫我'老黄'。我这人不喜欢太死板的师生关系,但也不喜欢僭越的言谈举止,希望在接下来的三年里,我们可以做到相互尊重，共同进步。咳咳，然后我要说条没有写在校规手册上的规定。"

黄柏的视线集中在向蔷和季临泽身上，铿锵有力道："学校绝不允许早恋等行为，男生女生之间应保持适当距离，把精力都放在学习上。你们都是有天资的学生，都是佼佼者，过去一定也是十分努力的，如果这三年让自己分了心，可是会后悔终生的。要学会先爱自己、成就自己，再用自己的能力爱别人。所以……最后一排的那两位同学，请不要有过于亲密的举动。"

所有人唰地转头看过去。

被点名的向蔷和季临泽没反应过来。

向蔷指了指自己，笑着问道："老师，您是说我们吗？"

"是！刚刚老师在走廊外和同学的家长交流时，看见你们有亲密的肢体接触，这样的行为在学校是不提倡的。咱们学校对早恋行为是严令禁止的，一旦被发现，处分是不可避免的，严重者还会被退学。所以老师现在不是在质问你们，而是先把情况说清楚，以防你们做出错误的选择。"

向蔷点头道："好的，老师，我们知道了。"

黄柏很是满意，朝向蔷笑了下，随后开始介绍起学校，以及往后的学习安排。

微风阵阵，带着夏天的燥热。风扇匀速旋转，时不时吹起黄柏放在讲台上的资料页，哗啦啦的书页声像一场战役开始前的声音。

漫长的介绍结束后,黄柏开始安排学生领书、发书,秉着要爱护女同学的想法,将体力活都交给了男生。

趁着这个空当,黄柏效率极高地给大家重新调了座位,把个子高的排在了后面,女生大多和女生一起坐,男生和男生一起坐。

向蔷被调到了靠墙的最后一排最后一列,而季临泽则还是坐在原来的位子上。

向蔷听从安排,立刻换了位子。

黄柏知道青春期的学生敏感多思,特意招手把向蔷叫到了讲台那边。

他看着青春靓丽的向蔷郑重道:"希望刚刚老师说的话没有让你们产生心理负担,把你们的座位调开是很有必要的,我带的班级都是男女分开坐的。说得直接点,老师要把早恋的小火苗扼杀在摇篮里。老师刚刚也看了你和季临泽同学的分数和名次,你们都是优秀的学生,记住老师的话,好好努力,不要留下遗憾,有任何困难都可以和老师说,老师一定会竭尽全力帮助你们。"

都说人的眼睛是心灵的窗户,向蔷不知怎的,从这番话中窥见了黄柏的内心。

他有着中年男人常有的特征,秃头、大肚皮,穿着死板的立领衫,但他说话真诚,仿佛真是他们高一(1)班的坚强后盾。

向蔷露出十分柔和的眼神,她眯起眼睛,耐心解释着她和季临泽的关系。

黄柏听完恍然大悟，心里惊叹于他们的情谊，又感叹他们做到了真正的相互扶持、相互进步。

向蔷也如他一样真诚道："老黄，您放心，我们不会早恋的，真的，我们有各自的理想，我们……也有自己的计划。"

黄柏被这一声"老黄"逗笑，他笑声爽朗，似江湖侠士尝到一杯美酒，直呼痛快。

他说："好，那老师就等着看你们在三年后大放异彩，功成名就！"

"一言为定！"

两个人还击掌为誓。

啪的一声，震惊了底下的女同学。

但大家又很快笑起来了。

她们好像遇到了一位可以全身心信赖的良师益友。

这头向蔷和班主任熟络起来，那头季临泽也不落后，认识了几个室友，其中和他最聊得来的是那位话痨——黄文镜。

短短一段路，黄文镜几乎把自己的家底交代了个一干二净，季临泽成了捧哏的，一会儿说"是吗"，一会儿回答"哦，原来如此"。

等搬完所有的书回到教室，季临泽额前的头发已经湿了，想喝水，却发现水不见了，不仅如此，连带向蔷都不见了。

他环视一圈教室，看见向蔷的座位后立刻明白了过来。

黄文镜则正好坐在他前面，欣喜道："缘分啊。"

他见季临泽盯着一个方向若有所思，顺着季临泽的视线看去，看见了正在和同学聊天的向蔷。

她天生一双狐狸眼，眼尾微微上扬时看起来可爱又狡猾，皮肤似雪般白皙，很难不抓人视线。

黄文镜记得，这是刚刚和季临泽一起坐的女生，班主任还批评了他们。

他安慰道："别看了，再看等会儿班主任又要说你们了。欸，我刚刚说了这么多，发现还不是很了解你，要不你就从这段感情说起吧。"

季临泽慢悠悠地转过头，坐下，整理书桌上别人刚发的书。

他说："不是你想的那样，我们从小就认识，是老师误会我们了。"

季临泽没发现，他说这话的时候黄文镜的眼里闪过一丝惊喜。

宿舍那头，双方父母都布置得差不多了。

只是向奇疑惑地盯着向蔷的被套，他问周慧："蔷蔷不是最喜欢粉色吗？怎么搞了床灰不溜秋的被子？"

周慧："孩子大了，审美变了，说现在比较喜欢黑白灰，这是她自己挑的。"

边上室友的父母插嘴道："都是这样的，我女儿也这样。"

周慧笑了笑，转头对向奇说："好了，其余的一些小东西让蔷蔷自己整理吧，我们等会儿带孩子出去吃顿饭。然后……然后就要到周末才能见到她了。"

向奇搂过她："你怎么还伤感起来了，搞得像要嫁女儿一样。等我们的房子装修好了，见女儿会很方便的。再说了，等她上高三了，会回家住的，到时候就能天天见到了。咱们总要给孩子一段独立的岁月。"

周慧连连点头，笑自己不够豁达。

男生寝室那边，姜怀明和林如梅整理的速度更快一些。季临泽的东西没有向蔷的多，整理几下就完事了。

夫妻俩没有像周慧那般不舍，只担心季临泽独自在外遇事解决不好，思来想去，唯一能给孩子的保障就是多给点零用钱。

那时候的他们都不知道，学校的饭菜便宜可口，也不知道整个高中时期繁忙劳累，根本没地方花钱。

两家人在校外的一个小餐馆里一起就餐。吃完饭时间还早，他们一时不知道该干什么。

向蔷提议可以在学校里逛逛，因为当天是报名日，所以学校管理得比较松，家长能在晚上八点离开。

大家都觉得这个提议好，既能消消食，又能好好看看自家孩子要上的学校。

向奇他们几个人都没上过高中，那个年代读书太难了，到了这个年纪，有时候难免感慨人生，也会幻想，如果能重来那该有多好。

学校占地二百七十一亩，绿化面积有五万多平方米，光是操场就有好几个。

长长的梧桐林荫道宛如电影中的场景，两侧的篮球场上传来打篮球的声音，蝉鸣高亢，落日西斜，令人心潮澎湃。

向蔷和季临泽走在前头，她仰着脖子看夕阳下的树叶，似笑非笑地说："带着父母一起散步，老师应该不会说什么吧？"

"不会。"

"我们没有做成同桌，你有没有很失落呀？"

"心如止水。"

"你就装吧。"

季临泽轻笑："没想到你这么快就能和老师、同学搞好关系。"

向蔷也笑："我可比你想象的会交际多了。"

"是是是，你真了不起。"

"我本来——就很了不起！"

夕阳斜挂在天边，风在光中穿梭，迎面扑来，向蔷张开双手迎接，她缓缓地闭上眼，轻轻说道："季临泽，三年后我一定会实现我所有的梦想。"

他了解她，她用这样的神情、这样的语气说话，说明她此刻很认真。

他一般不会在这种时候辜负散发光芒的向蔷,但"加油吧"三个字还未说出口,就被向蔷的话噎回去了。

她抿着唇,认真说道:"这是我们最后的单身生活,好好享受吧!"

季临泽:"……"

父母们的脚步较慢,和他们两个拉开了一些距离,隐约能听到他们两个人在说话,就是听不清他们在说什么。

凝视着他们的背影,四个人不约而同地扬起了笑容。

周慧说:"如果现在有带家里的相机就好了,给他们拍一张,以后翻出来看一定很有意义。"

林如梅说:"蔷蔷之前说,想当摄影师,就是这么想的,想留下有意义的画面。她太懂事了,太了不起了。"

听到别人夸奖自己家的孩子,周慧忍不住谦虚道:"她就是闹着玩,但她想做什么就让她去做吧。"

林如梅说:"说到这个,别看这两个孩子的个头都比我们还高了,今天在路上还闹着玩,打架呢。"

大人们笑作一团。

向蔷听到他们的笑声,回头看,季临泽也跟着回头。

眼前的父母正值壮年,一颦一笑依然魅力十足。

余晖绵延千里,给他们的身上镀上了一层金色光芒,美得每一帧都像是电影中的画面。

正式开学后，学习、生活的节奏远比他们预估的要快许多。

考试分大小周考试、月考、期中考，考完还没喘口气很快又要迎来最重要的期末考。平常也是小测试不断。

向蔷同时也发现，他们两个在暑假自学的那点东西只是杯水车薪，书上的知识都是些基础公式，配套的练习册上的习题也不过是小试牛刀，教辅之外的习题册，靠老师多年的经验整理出的自印试卷上的题目宛如浩瀚宇宙，让人摸不着头脑。

这也就算了，偏偏班里的同学都是全市的尖子生，他们愿意投入学习中的精力和专注力让人叹为观止。

只要她稍稍一松懈，很快名次就会下降。

所谓的校规严格，向蔷也很快亲身体会到。

大家一般不太交流，以宿舍为单位进行活动，有些人的名字她听老师点名听熟了，但始终不知道到底是谁。

男生女生之间几乎不讲话、不来往。

学校也有过一次杀鸡儆猴的行动。那是初冬，马上要迎来圣诞节，学校很意外地给每位学生准备了"平安果"。算是枯燥生活中难得的一点小乐趣。

但当天晚自习向蔷去上厕所时，听到几个女生在说八卦，说是十班有个男生把自己的苹果给了一个女生，然后就被叫了家长。

向蔷听得眼角抽搐，心道，这不至于吧。

再后来，晚上洗漱时她问室友是否知道这件事情。

那几个看起来文文弱弱只会读书的女生居然都知道，有人补充细节告诉向蔷，被叫家长是因为男生还在装苹果的盒子里放了字条，上面写着类似告白的那种话。

向蔷站在洗手台前，戳着自己额头上的一颗大痘痘，好奇地问："那老师怎么知道的？有人打小报告吗？"

"没有人打小报告，是老师自己发现的。你没发现吗，我们教室里是有摄像头的。"

"是吗？明天我看看，我以为那几个都是烟雾报警器之类的东西。不过话说回来，老师都会看监控？"

"以前不确定，但现在确定了，他们会看。"

向蔷摇摇头，笑道："这年头老师也不好当，工作量挺大。"

那些女生被她逗笑，轻柔的笑声在小小的宿舍里此起彼伏。

没过一会儿，大家陆续上床，有人开了小夜灯，躺在床上继续背英语单词。

和谐而上进。

宿舍生活没有像周慧担心的那样，向蔷和谁都处得很好。

小半年后，周慧没了这种担心，但她能清晰地看到女儿每周回来时的变化。

向蔷的样貌、言谈举止、喜好，都在肉眼可见地发生变化。

周慧时常感慨，时光如梭，一转眼，女儿真的像个大人了，而她，不知何时，发现自己有了一根白发，好在，把那根拔了就没了。

向奇天生乐天派，逗弄周慧说："你不是因为老了才长白头发的，你就是操心操的，这半年忙家里的装修辛苦你了。"

他总是能这样轻而易举地就让人心花怒放，不过更让人心情舒畅的事情是，他们新家的装修终于快进入尾声了，等买完家具，通通风，很快就可以入住了。

高兴没一会儿呢，周慧又伤感起来。她声音轻细，如涓涓细流："你说，我们搬离了这里，就不能经常见到李姨、如梅她们了，我……我怕我不习惯。"

向奇说："又不是去了就不回来了，现在家里经济稳定了，你要乐意就不工作了，吃吃喝喝玩玩，想回来住就可以回来住几天。要是怕无聊，不如把驾照考了，方便自己往来。"

"也是，我这人啊，总是爱乱想。对了，等到时候暖屋，咱们就在新家请他们吃饭吧。"

"行，都听你的。"

二〇〇六年的新年在大雪中到来，这一年，这座城市的雪下一晚上就有没膝那么深。

向蔷毫无察觉，窝在松软厚实的被窝里睡得很沉。

期末考试的成绩在她的预料之中，不算差但也没有进步。她也没有如周慧担心的那样，因为过于要强而感到挫败。

她不是没有收获，至少用一个学期的时间琢磨出了一套更适合高中的学习方法。

这会儿，紧绷了半年的神经终于可以放松下来，盖上家里独有的温暖棉被，向蔷第一次有了书里描写的那种感受——回家真好。

曾经习以为常的，只有在经历了分别与失去后才知道珍惜。

就如眼下没有人在意的青春。

周慧知道昨晚向蔷熬夜做题，今天会睡到日上三竿，但这会儿她难掩看到大雪的喜悦，想着向蔷一定很喜欢。她和向奇铲完门口的雪后，急匆匆地上楼去叫向蔷。

向蔷埋在被窝里，只露出一个脑袋。

周慧想起向蔷小时候睡觉的样子，也是这样，可可爱爱的。

她慈爱地摸了摸向蔷的脑袋，温柔地唤醒女儿。

她说："蔷蔷，外面下了好大的雪，快起来看看。"

向蔷瞬间睁开眼睛，不怕冷地掀开被子直接冲到窗前。

窗户被厚重的窗帘遮着，导致房间里都是黑乎乎的，可当她拉开窗帘的刹那，整个房间都亮了，外面的大地都被茫茫白雪覆盖，很亮，像是一块天然的反光板。

天空中还在飘雪，是极大的雪花花瓣，她能清楚地看到雪花的形状。

玻璃窗的边角经过漫长雪夜的洗礼，被镀上一层雪花图案。

这是向蔷第一次看到大雪,那种只在电视剧里出现过的大雪。

她对周慧说:"妈,好漂亮啊!我要去堆雪人!"

"行行行,你想干什么都行,你爸正在堆呢。"

向蔷提起睡裙裙摆像个小孩子一样飞奔到一楼,只剩周慧在后面喊:"穿个外套啊蔷蔷,别着凉了!"

打开楼下的房门,向奇堆的硕大雪人就在眼前,都快赶上人高了,视觉冲击力很强。

他拿个铁锹不断地铲、不断地拍。

向蔷捂着肚子笑,笑得快喘不过气来。

向奇还在卖力铲雪,说:"今天爸爸要搞个巨型雪人。"

向蔷说:"那好啊,我们今天来进行堆雪人比赛!"

向奇:"行啊,得第一名的人可以获得新年巨额红包。"

"那我要和季临泽一组,你和妈妈一组,我问问阿姨他们玩不玩。"

说完,向蔷穿着睡裙直奔季临泽家。

林如梅和姜怀明也在铲雪,看见穿得单薄的向蔷,两个人异口同声道:"不冷啊?你这样会感冒的,快快快,进来套件衣服。"

向家的院子里,周慧抱着羽绒服刚刚才追出来。

向奇说:"别管她,她就是小孩子心性,怀明他们会给她添衣服的。"

周慧笑着说:"她小时候有次也这样,光着屁股乱跑,长大了还这样。"

林如梅拿了件超长羽绒服把向蔷裹起来,忍不住唠叨了几句。

向蔷安静地站在那儿,任由林如梅整理自己的衣服,听她唠叨。

羽绒服拉链被拉到顶,碰到她的下巴,她顺势抬起头,笑问林如梅:"小林阿姨,季临泽呢?他在睡觉吗?"

林如梅摸了摸向蔷的脸,冰冰凉,她说:"下次可不能这样了。临泽啊,临泽刚起床,现在应该在洗漱。"

向蔷轻车熟路地走向卫生间,卫生间的门是关着的,里头传来断断续续的流水声。

向蔷敲了敲门:"季临泽?"

话音刚落,门从里面被打开。

季临泽刚洗完脸,一手给她开门一手拿过毛巾擦脸。

向蔷被厚重的羽绒服裹得不好动作,伸出手比画,但最后动作变成了短臂扑腾。

她眼里闪着光,兴奋地说:"我们去堆雪人啊!"

季临泽捧着热毛巾在脸上揉了会儿,刚睡醒的迷糊感一扫而空,眼睛也变得清明许多。

他歪头看向向蔷。

她披着长发,脸上满是熬夜的痕迹,唯独一双细长眼眸灵动。

他笑了下,鼻翼翕动,气息撩人。

他慢悠悠地说:"不刷题了?还光着脚,想被冻出冻疮?"

向蔷不在意地笑:"明天是除夕,这几天不学习了。走啊,去玩雪啊,我和老向打了赌的。"

向蔷把季临泽拉出了屋子。

他们走在大人们早早清出来的小道上,小半截身体被隐入雪中。

向蔷边跑边问他:"你是不是也没见过这么大的雪?"

季临泽说:"是啊。"

向蔷越发兴奋,随手捏起一个雪球砸向他,中气十足地说:"那你要记住这一天,我们一起看了大雪。"

雪球在他身上碎得四分五裂,没什么攻击力。

季临泽点点头:"记住了。"

说着,他捏了个超大的雪球朝向蔷扔过去。向蔷想躲,但今天的她似乎格外笨重,脚下一滑摔进了雪里。

季临泽心一紧。

但紧接着,那边传来向蔷清脆爽朗的笑声。

她躺在雪地上动也不动,呆呆地看着天空,睫毛眨动似蝴蝶振翅。

季临泽很久没见到她这么笑了。

也许是这半年来大家的压力都太大了。

他们在学校里几乎不讲话,课程很紧,一刻不得放松。

但是偶尔他们会很默契地对视。

一切都是静悄悄的，前面的同学在奋笔疾书，他们在最后一排四目相对。

他走到向蔷跟前，弯腰，脸对着她的脸，打量了会儿，又故意说："这样看你，你确实挺像小强的。黑色的长袍像身体，从羽绒服里散出来的两缕头发像触角。"

向蔷想起小时候他就给她取了这么个绰号。

她哼笑两声，趁季临泽不注意一把将他拽倒。

季临泽没稳住，脸朝下，扑进了雪地里。

向蔷翻身，推着他滚。

季临泽像骨头软了，没一点反抗，反而笑出了声。

他也好久没这样笑了。

闹够了，体力耗尽了，向蔷气喘吁吁道："感觉体力不如以前好了。体育课没老师逼着锻炼，体力就下滑得这么快。"

季临泽将双手枕在脑后，轻哼道："你也知道，上体育课只知道躲在树荫下做题。"

向蔷乐道："你这么关注我啊？小心被老师的摄像头看到，然后被谈话记过。"

"怎么可能？"

向蔷不知道他是在回答怎么可能这么关注她，还是怎么可能会被记过。

她懒得纠结这句话的答案。

她一向有什么说什么。

她侧头看向季临泽，语气轻佻："说真的，季临泽你很难不关注我吧，他们都说我长得很好看。"

"是吗？谁说的啊？我怎么不知道？"

"你就继续装吧，装模作样是你的天赋。等哪天我被别人抢走了你就装不出来了。喂，你怕不怕别人抢走我啊？"

"不怕，我知道的，你吃定我了。"

季临泽第一次对她冷笑。

向蔷心里舒坦极了。

回想起这一天，令人印象深刻的是漫天的大雪，是他和向蔷堆的雪人360°无死角并打败了向奇的雪人，两个人拿到了沉甸甸的新年红包。

很久以后在某个瞬间他突然想起这些来，像揭开命运里微妙的伏笔一样，这一天其实最该记住的是他觉得自己能把控自己的情感。

过完年，向蔷家开始选家具了。

向蔷跟着父母跑遍大街小巷的家具店。夫妻俩以为她会累，没想到她乐在其中。

挑选家具时，向蔷会用她的摩托罗拉翻盖手机把她房间里需要的家具拍下来。

寒假快结束时，向奇和周慧选得差不多了，就剩向蔷所需的家具没定了。向蔷心中已有决断，但她说："我去趟季临泽家，回来就告诉你们。"

向奇还是那句话："女大不中留啊。"

周慧不懂向蔷的用意，但早已习惯她的天马行空。

傍晚时分，向蔷如往常一样跑去了季临泽家。

林如梅和姜怀明对她的"不客气"习以为常，还招呼道："蔷蔷，吃饭了吗？叔叔阿姨今天包了饺子，要不要吃点？"

向蔷笑容明媚，点头说："好啊。"

说完，她进了季临泽的房间。

他又在摆弄他的飞机模型。

向蔷弹了下他的小飞机，说："你的零花钱、压岁钱都花在这上面了，我一笔一笔都给你记着呢，你多买一个小飞机，我们以后的恋爱经费就少一点。"

他刚组装好的机翼差点被弹掉。

季临泽见她还要弹，敏捷地握住她的手，一直握着，另外一只手开始收拾桌面，把组装了一半的模型推到里侧。

他也就是这两天才拼来玩玩，马上要开学了，很快，又要投入题海里去了。

季临泽抬头看她，问道："来找我干什么？"

要不是两个人的手还握在一起，这话就显得太无情了。

向蔷松开他的手，掏出手机凑到他眼前，神秘兮兮道："你看这是什么！"

"床？"

"真不愧能进年级前三，真是太聪明啦！"

"……"季临泽哼笑出声。

"你喜欢哪个？"

"不是要放在你的房间吗，问我干什么？"

"什么我的房间，我的就是你的。"

季临泽："白色那个吧。"

"那梳妆台呢？你喜欢哪个？"

"也选白色的吧。"

"窗帘呢？"

"这种深灰色带白纱的吧。"

向蔷高兴地说："你想的全部都和我想的一样。"

她说完愉快地离开了他家。

客厅里，林如梅叫住向蔷："蔷蔷，不吃饺子了？"

向蔷跑得很快，声音顺着风飘进来。

她说："阿姨，我回去一下就来！"

姜怀明被逗笑，说："这丫头，总是古灵精怪的。从小就喜欢往临泽屋里跑，跑着跑着怕不是真要嫁给我们临泽了。"

林如梅慢慢抬起眼皮看了眼姜怀明，不太确定地问道："那不都是孩子胡闹吗，他们两个……没有那种感情吧？"

姜怀明还在乐："那可不好说，蔷蔷那性格，说一不二的。我们临泽也很优秀啊，长得帅还学习好，人品也好，蔷蔷会喜欢他不意外的。想来真要结亲，老向夫妻俩应该也没什么意见吧？哎哟，孩子长得很快，我等会儿再算算账，结婚得花不少呢——"

话还没说完，林如梅突然出声打断道："你瞎说什么呢，弄得像真的一样。"

姜怀明在盛饺子，听出了林如梅语气里的不悦。

他小心翼翼地问："怎么了？这事儿就算是真的，也不错啊。你是觉得我们不如向家富有，怕老向他们看不上？"

"不是，怀明，不是这样的。老向夫妻是什么样的人，我嫁过来这么多年心里清楚。但是……但是这不是……孩子说小也不小了，说大也没有很大，咱们做大人的，别总拿这些开玩笑。"

林如梅的焦急、心慌肉眼可见，她仿佛在努力自圆其说。

姜怀明走过来揽住她："好了好了，我以后不开这些玩笑了，家里的这种大事以后肯定是交给你做主的。"

林如梅摇头道："我不是这个意思，哎……我不是这个意思。算了，以后再说吧，我不想临泽太早结婚，现在的男孩子都结婚晚，等他过了三十岁再说吧。"

"行行行。"

那头季临泽直愣愣地坐在书桌前，耳朵边嗡嗡嗡的，被向蔷碰过的手背痒痒的。

他盯着手背上的皮肤许久，不由得轻笑出声。

日子就这样一天天流逝，他们忙于繁杂的学业，时不时在深夜里抓狂，埋怨试题太难。

但这个年纪的人最会苦中作乐，他们总能找到各种方法去增加生活的乐趣，像埋在石头下的小草种子，有点阳光和水就会恣意生长。

也有人难掩心事，暗生情愫。

高中本就是少男少女难掩风采的阶段，容易吸引人，也容易被人吸引。

情愫一旦从心底滋生，便像洪水猛兽一样袭来。

喜欢向蔷的男生会把她的作文复印下来夹在语文课本里，会在体育课上故意把球往她所在的地方踢，会抓住每一个时间空隙向季临泽打探她的喜好。

喜欢向蔷的男生是季临泽的好兄弟。

若要让向蔷回忆这个男生，她觉得连名字都不必提起。

因为季临泽没忍住，快准狠地掐断了这根暗恋的小苗。

但向蔷记住了他，因为他让她第一次看见那样不淡定的季临泽。

事情发生在高三下学期——最忙、最疯狂的一个学期。

向蔷也很会苦中作乐。

她把气季临泽当作自己的乐。

那是节体育课，四月底，阳光明媚，学校给他们高三学生上的最后一节体育课。

班里的女生头一回不缺课，都去了操场上晒太阳，畅想着两个月后自己的未来。

向蔷觉得自己的未来一直很清晰，她会考上理想的大学，选到自己喜欢的专业。

她也早就查过理想院校历年的录取分数线。

她胜券在握。

但为了不出岔子，她带着化学卷子去了操场。

她趴在军绿色的垫子上，垫在书本上写卷子。

边上女生们说说笑笑，跟黄鹂鸟唱歌一样。

向蔷奋笔疾书，心情也不错，接着就被篮球砸中了。

篮球砸中了她的小腿。

没一会儿，那位季临泽的好兄弟黄文镜喘着气跑过来，连连道歉。

向蔷咬着笔杆，写下一个答案后才抬起头，她看见不远处的季临泽在看他们。

于是她十分客气友好地对黄文镜说："没关系。"

黄文镜捡起篮球,眼里闪着光,人像个逐渐膨胀起来的气球。

他兴冲冲回到球场后,一脸舒畅地说:"来,临泽,今天打个痛快!"

然后——

季临泽打得挺痛快的。

下课铃响起时,黄文镜倒在地上,气喘吁吁地说:"你疯了,一个球都不让!"

季临泽把篮球投进篮球收纳筐里,他也早就汗流浃背了。

他说:"篮球和女人不能让。"

"啊?"

季临泽没有和往常一样随着人流往教室走,而是走向了向蔷的方向。

向蔷还在解最后一道题,和身边的同学说:"等我一会儿,就一会儿,等一下再收垫子。"

写下解题步骤,算出答案时,季临泽正好走到她面前。

向蔷抬起头,不解地看着他。

"有事?"

季临泽说:"坐起来。"

向蔷收了纸笔,从垫子上坐起来。

季临泽单膝下蹲,握住她的脚踝,往他的那侧轻轻拉了一下。

季临泽骨节分明的手指挑起她散落的鞋带,慢条斯理地给她系好。

　　向蔷久违地听到周围如同狒狒发出的起哄声。

　　她专注地看着眼前的季临泽，唇角一点点上扬。

　　她没问他怎么来给她系鞋带，他也没说为什么要过来。

　　风从四面八方聚来，平地而起，春日的光温柔和煦。

　　季临泽给她系好鞋带，抬眸。

　　四目相对，向蔷终究是没忍住，朝他扬了下眉毛。

　　季临泽目含深意地看着她，抿着唇起身，拎起校服外套慢悠悠地往教室走。

　　人一走，向蔷周围的女同学便围上来七嘴八舌地问着。

　　要知道，发光的人到哪儿都是发光的。

　　他一直是所有人眼中的天之骄子，到了高中依旧很受女生欢迎，可因为校风严谨和他自身的那股冷漠劲儿，正儿八经告白的是没有的。

　　向蔷向同学们简单解释了一下。

　　说他刚刚可能是犯病了。

　　谁会信。

　　向蔷自个儿都不信。

　　她想，季临泽，你完了。

　　向蔷宛如打了场胜仗，美滋滋地走回教室。到教室门口时，校园广播突然传来声音："嗞——嗞——喂喂，高三（1）班的向蔷、季临泽来班主任办公室一趟，速来。"

教室里静了一瞬，同学们纷纷看向两位当事人。

去办公室的路上，向蔷低声对他说："等会儿就和班主任说，是你招惹的我，我什么都不知道。"

季临泽："呵。"

到了办公室，班主任黄柏没让两人一起进去，而是先叫了季临泽。

向蔷在办公室门口无聊地等着，看着天空中的飞鸟，她在想一个化学公式。

五分钟不到，季临泽就出来了。

向蔷惊讶了一下，见他面色如常，心安了，拍拍他的肩膀说："我也一会儿就出来。你回去吧，不用等我。"

季临泽笑了下，说："行。"

向蔷进去时，黄柏似乎受到了巨大冲击，整个人处于混沌中。

向蔷天不怕地不怕，无论处于哪种境地她都能和老师调侃几句。

她说："老师，您高血压犯啦？"

"还贫嘴。"

"季临泽说什么了？"

"是你来审问我，还是我审问你？"

向蔷不说话了。

黄柏喝了一口枸杞茶，定了下心神，说："他说你们没有早恋。"

"没了？"

"没了。"

向蔷笑笑："行吧，我们确实没有早恋。他这人，哪怕我想，他也不会，他定力强得很。"

"住嘴！你想受处分啊？你当初怎么信誓旦旦和我说的？"

"您不会的。要不然怎么办公室里其他老师都不在。"

"要不是看你们学习好，又临近考试，怕影响你们的心态，就该叫家长。我们学校自建校以来，从未出现过如此严重的学生暧昧行为。"

"哈……"向蔷笑了一声憋回去了。

黄柏摆摆手说："下不为例。注意分寸，抓紧学习，胜利就在眼前。"

向蔷抬起下巴，眼里满是自信："您放心，今年我和季临泽会让您大放异彩，五光十色，五彩斑斓！"

"语文老师听见你这么用成语，速效救心丸得吃一罐。"

"哈哈哈！"

向蔷踮踮脚，朝门口走去，拉开门时她停顿了一下，回头对黄柏 wink（眨眼）了一下。

她说："以后我和季临泽结婚时会邀请您的，记得要包大大的红包哦。"

黄柏："无法无天！"

关上门，少女像只轻盈的鸟飞走了。

黄柏慢腾腾地嚼着枸杞，蓦地，闷笑了一声。

现在的学生不得了。

季临泽是怎么说的？

他说："我们没有早恋，我们算着每一分每一秒，在等十八岁的到来，到那时没有人能阻止我们相爱。"

第三章

我好像生病了

高考结束的那天是个大晴天,铃声响起,试卷被收走,走出考场,就见父母在不远处等待。

没有人问你考得怎么样,都迎上来笑着说:"晚上去下馆子庆祝一下!"

向蔷左右看看,看见了在人潮尽头的季临泽。

姜怀明和林如梅也笑着,拍拍他们的高个儿子,一家人往梧桐树遮掩的街道的深处走去。

向蔷又抬眼望着这初夏傍晚的天空。

她深深吸了口气。

一种清新温和的味道就这样被深深刻在脑海里。

如果说要具体形容那是什么味道,那可能是这个年龄的人才能感知到的自由、希望和梦寐以求的长大的味道。

长大又是什么?是大人们口中的顺利毕业、工作稳定、婚姻幸福、儿孙满堂。

向蔷听惯了别人这样形容长大，她没有多加思索，也没觉得有什么不好，只要这些瞬间有季临泽陪着，有父母陪着，有她在意的人陪着就够了。

眼前她盼望的长大就是和季临泽谈一场不被束缚的恋爱。

但真当这件事可以毫无忌惮地去做的时候，向蔷起了玩心。

两个人的手机号都没变，手机却随着时代的潮流更新成了最新款。

音乐手机的配乐响遍大街小巷，洗脑且动听。

她经常发短信问季临泽在干吗，但就是不提这茬儿。

季临泽对她的短信也只有一个回答：看书。

他也不提这茬儿。

再后来，向蔷干脆不理他了。

向蔷在家睡了很多天，之后把小说下载到手机里，捧着手机在床上看了四五天。

这时候，高中的班长拉了个班级群，说这几天有空聚聚，庆祝一下毕业。

彼时的他们都以为这个集体会永远坚如磐石，会永远记得这三年共同奋斗的可贵经历，会时不时相聚。

秉着冲上脑的自由劲儿，这次的聚会没人不参加。

六月多雨，高考后的几天一直在下大雨，聚会那天也是。

班长把吃饭的地点定在了学校附近的一家酒店,费用平摊,还宴请了各科老师,以报答三年的教育之恩。

一个大包间,分了两桌,男生一桌,女生一桌。

平常严厉的老师们这会儿都变了个人,调侃道:"还分开坐呢?心里有想法的还不赶紧坐在一起?别错过了机会。"

大伙儿哄堂大笑,笑声之下,有人眉来眼去,暗送秋波。

向蔷左手撑着下巴,右手握着筷子,跟着大家一起笑。

但下一秒,调侃的目标指向了她。

黄柏拿起酒杯朝向蔷举起,笑盈盈地说道:"来,老师这杯敬你,希望下次喝酒就是在你的结婚宴席上,你自己说的,到时候可一定要请老师啊。"

向蔷连忙举起酒杯,痛快地干杯。

她说:"一定的,您也别忘了,要包大大的红包哦。"

男生那桌忽地有咳嗽声响起来,眼神都有意无意地瞥向季临泽。

向蔷的余光瞥见季临泽一直在看自己,她装作不知情一样和身边的同学说笑,只留给季临泽一个后脑勺。

他比她沉得住气,她没有联系过他,而他这段时间也没有联系过她。

向蔷知道他在想什么,他在等她主动提起这事。

他就是这样,这些年习惯了她的主动。

可是凭什么？

这种事，总该男生主动点，就像上回一样，多有魄力。

黄柏不知道年轻人之间的弯弯绕绕，走到男生那桌，挨个碰杯，说着祝福语。

轮到季临泽时，黄柏挤眉弄眼道："现在没有阻碍了，去啊，还等什么。"

季临泽笑而不语，只碰杯说："老师，这杯感谢您的谆谆教诲。"

下午两点饭局结束，大伙兴致很高，热情不减。几番商量后，大家决定去唱歌。

几位老师把主场交给年轻人，纷纷退场。

学生和老师在酒店门口分别。

大雨过后，碧空如洗，他们光是站在那里都让人觉得年轻真好，惹得路人频频回头。

大部队说说笑笑地往下个地点转移，向蔷走在最后面。

她莫名地想起上初三时的幻想与计划，心中忍不住感慨，时间竟然过得这样快。

再回过神来时，已经到了一家KTV门口。

男生们要喝酒，没了老师在时的拘谨，个个忍不住吹点牛，说要看看今天谁第一个喝趴下。

KTV里不准自带酒水，所以男生们在小卖部里买了酒后每个人在包里放几瓶偷偷带进去。

VIP大包间，双屏幕，两支话筒。

平常看着寡言少语的同学，这会儿成了麦霸，嗓音好听得出奇。

向蔷什么都擅长，唯独唱歌不行，想学也学不好的那种。

她坐在角落里吃水果，和边上的几个女同学聊这次的高考卷子。

分数还没出来，这会儿再怎么想放松，心里还是有点紧张的，大家都在祈祷能如愿以偿。

女生们问向蔷有几成把握，向蔷想了想回答说："不知道，应该能考上吧。"

女生们说："你一定可以的啦，你平常就很稳。你和季临泽都填的北城的学校吧，真好啊，这样就不用异地了。"

向蔷看向另一头正在玩骰子游戏的季临泽，故意提高声音说："谁说要和他在一起了？"

女生们当真了，惊讶地张大嘴。

那头玩了几轮游戏的季临泽被罚了很多杯酒。

男同学们十分兴奋，特别是他的室友，大喊着终于找到了季临泽的短板——他不擅长玩游戏。

黄文镜一脚踩在茶几上，双手挥动骰子，说："就这把，谁输了就喝光剩下的啤酒。"

季临泽抓了抓头发，嘴角微微勾着，但眼中已经泛起水光。

那微醺模样，性感万分。

看得向蔷挪不开眼睛。

毫无疑问，这把游戏的输家又是季临泽，他喝完最后一杯酒后，笑着摆手说不玩了，转头离开了包厢，说出去吹吹风醒酒。

人一走，男生们就起哄道："向蔷，快出去看看，别等会儿人不知道跑哪里去了。"

向蔷咬了口西瓜，明知故问道："你们怎么不去？"

黄文镜说："别装了，你们俩是啥关系，我们心里没数？再没数，上回也有数了。你说你们，搞那虚头巴脑的一套，害得我差点横刀夺爱。"

向蔷笑起来，拎上一瓶矿泉水出去找季临泽。

她以为他去上厕所了，在厕所门口等了一会儿，但没等到人。在走廊里来回走了几遍，也没逮到人。问了前台才知道，他下楼了。

还真是出去吹风了。

KTV这栋楼的边上是一座小寺庙，两栋楼中间隔着一条林荫道，小道上种了一排香樟树，风吹过，树叶簌簌响动，而KTV的这栋楼正好遮住了阳光，小道上满是阴影带来的清凉。

季临泽坐在树下的长椅上，低着头，迷迷瞪瞪的样子仿若三岁小孩。

向蔷走过去，用水瓶底部抵住他的额头，开玩笑说："打劫！

交出你所有的钱。"

他身子一顿,缓慢抬起头,看清眼前的人后不由得一笑,长臂一伸,握住向蔷的手腕,把人拉到了他的怀里。

向蔷稳稳当当地跌坐在了他的腿上。

四目相对,脸先热起来的是向蔷,她从未和他有过这样亲密的举动。

她梗着脖子拉开一点距离,说:"喝醉了耍流氓?"

他凝视着向蔷,视线自上而下扫过,像一缕轻柔的羽毛,撩起向蔷心中的涟漪。

他轻合双眼,渐渐向她的脖颈处靠近,温热的气息洒在向蔷的皮肤上。

向蔷推搡着他:"季临泽?你别装醉……你……"

后面的话戛然而止,只因为耳垂上传来微妙的痛感。

但下一秒,这种痛感变成了一种难以言说的感觉。

向蔷只觉得一种触电的感觉从脚底快速升起,直达心脏,酥麻了她的每根神经。

向蔷深吸一口气,低声道:"你真的是小狗啊,还咬人。"

闻言,季临泽又咬了她一口。

向蔷吃痛地倒吸一口气,刚要发火,他却说话了。

"你说,你不想和我在一起?是这样吗?"

富有磁性、干净的嗓音夹着浓浓醉意,让听的人也醉了几分。

向蔷笑了下:"是啊,以前就当童言无忌喽。"

他说:"你再说一遍。"

他的神色似有些认真,向蔷倒没办法继续开玩笑了。

周遭寂静,这条小道上几乎没有行人来往,隔壁寺庙里传来钟声,香火中满是虔诚的味道。

向蔷垂下眼,努力压制着自己的心跳。

季临泽还在较劲:"你再说一遍。"

向蔷软了声:"假的,骗你的。"

季临泽轻轻啄了下她的唇后把头埋进了她的颈窝处,蹭了蹭,长舒一口气。

两个人陷入宁静的氛围中。

向蔷抱着他,有一搭没一搭地抚摸着他的短发。

她又闻到了独属于季临泽的那种味道,淡淡的阳光香气。

她心中忍不住得意,小声对他说:"看吧,我猜对了,我猜你啊,早就对我心动不已。"

倚靠着她的季临泽没有什么反应,像睡着了一样。

楼上包厢里的人一曲接一曲地唱,没人关注季临泽和向蔷的去向,这一天,他们都只做自己电影中的主角。

七月,心心念念的录取通知书终于到手。

向奇比向蔷还激动,说要给她办升学宴。向蔷觉得无所谓,但趁着父母高兴的时候，提了个小要求。

她想一个人回乡下住几天。

夫妻俩对着国内数一数二高等学府的录取通知书喜笑颜开，点头答应。

向奇说："蔷蔷，哪怕你要去月球，爸都支持你！"

向蔷："那倒不至于。"

她就是想回乡下玩几天而已。

自从那次聚会后，她就没再见过季临泽了。

她这头跟着周慧又是参加婚礼又是参加葬礼的，还时不时有亲戚来小住，还有亲戚带着小孩前来取经。而季临泽那头，先是跟着父母把周边城市玩了一圈，然后被隔壁村的家长三顾茅庐，拜托他给他们的小孩做暑假补习。

各自都不得空。

明明在一个城市，却整得像是隔了十万八千里。

向蔷时常躺在床上回想起聚会那天他醉酒的模样。

她无法抗拒那样的他，也不想再浪费时间了。

晚上，怕季临泽不在家或者有别的事情要忙，她提前给他打了招呼。

她发短信说：明天我回来，你在家乖乖等我。

季临泽：明天要去医院体检。

向蔷：你？

季临泽：我们一家人。

向蔷：哪家医院？

季临泽：你家附近的那个。

向蔷：那我来找你们，你们正好开车带我回去。

季临泽：你回来干什么？

向蔷：给你看看我的录取通知书，也看看你的，顺便给你看看我新买的裙子。

季临泽：……

向蔷：很久没见了，你想我吗？

季临泽：……

向蔷：我很想你。

季临泽：嗯。

向蔷：你这么冷淡，是真不怕我移情别恋啊。

季临泽：你试试。

向蔷：那我就试试喽。

季临泽：明天下午四点，你来医院，我们一起回去。

向蔷弯起嘴角轻哼了一声。

小样儿。

第二天傍晚，他们检查得差不多了时，向蔷背上书包去了医院。天热得人呼吸困难，向蔷在医院门口的路边等姜怀明把车开来。

远远地，季临泽就看到了她。

他忍不住皱起眉。

向蔷穿着白色的热裤，这还是正常的，不正常的是，她上面只穿了件墨绿色的紧身吊带衫。

少女身材高挑，皮肤白皙，配上那自信张扬的气场，在人群中十分耀眼。

但这里并不是什么发达城市，人口老龄化严重，她这样前卫的打扮吸引来的目光更多的是带着一种不理解。

面包车停在她面前，季临泽拉开后车门，她上车，还携了一股热浪上来。

看她热得汗流浃背，季临泽想了想，最后还是没说什么。

向蔷故意往他身上靠，借着车拐弯的惯性趁机挽上他的手臂，肆无忌惮。

坐在前排的姜怀明和林如梅没注意到后排的暗潮汹涌，两个人还在聊体检的事情。

季临泽使劲抽出自己的手，紧紧握住了她的手，这才压制住她想作乱的心思。

向蔷得意得不行。

心情大好的她开始和林如梅聊天。

她说："小林阿姨，你们怎么突然要来体检啊，是身体哪儿不舒服了吗？"

林如梅说："没有，只是听说按时体检比较好。"

那会儿这个概念还没普及，初次听到此说法的向蔷不禁点头说："这么一说，好像确实是的。改天我也让我爸妈来做一个。"

"可以呀，像我们年纪大了，按时做体检其实会安心点。"

向蔷从后面看着林如梅的侧脸，只觉得她说话的神色和表达出来的意思是截然相反的。

她似乎十分忧虑。

向蔷多问了句："阿姨，那报告什么时候出来呀？"

"大概一周后。"

"那很快，嗯，没事的，您不要担心。"

林如梅一怔，随后笑起来："阿姨没担心，只是医院去怕了，今天在里面待了很长时间，心情有点压抑。"

向蔷笑笑。

她猜是因为季临泽的亲生父亲。

听说季临泽的父亲就是在医院去世的，说那会儿林如梅都哭晕了。

姜怀明腾出一只手，贴心地握住了林如梅的手。

向蔷看看他们交缠在一起的手，再看看她和季临泽交缠在一起的手，心情在短暂的失落后又再一次飞扬起来。

回到乡下，林如梅让向蔷回去收拾好后来吃晚饭。

向蔷换上新买的裙子,到了季临泽家后,她站在灯光下,故意问季临泽:"我的裙子好看吗?"

一套看起来乖巧可爱挑不出毛病的裙子。

但季临泽知道她说的是什么意思。

碍于有家长在场,他说:"好看。"

林如梅的目光在二人之间流转,终是没说什么。

吃完饭,向蔷难得懂事地说:"叔叔阿姨,我们来洗碗吧,你们可以去散步。"

季临泽动手收碗,说:"爸妈,我们来吧。"

姜怀明解了围裙,点头连声道好。

等两人出门,向蔷走到正在洗碗的季临泽身后,双手环住他的腰。

他停滞的呼吸让腹部一紧。

"干什么呢?"他说。

向蔷说:"抱抱你啊。"

季临泽微微勾了下唇。

向蔷贴着他宽阔的背,有种新奇的感觉。

她忍不住想,难道这就是男人能带来的安全感吗?

好想一直靠着啊。

季临泽察觉到身后少女的安静,冲去手上的泡沫,双手撑在厨房水槽边缘,问道:"那要抱到什么时候?"

"天荒地老。"

夜晚月色美丽，姜怀明牵着林如梅的手走在乡间小道上，他为季临泽能被国内最有名的航天学院录取而感到自豪。

他感慨："一转眼，孩子都要上大学了，真是时光不等人啊。"

林如梅沉默着，随后忽地问道："你说，蔷蔷该不会真的喜欢临泽吧？"

"那不也……挺好的吗？如梅，那样不是挺好的吗？"

"不好，一点都不好。怀明，你知道为什么要体检吗？"

林如梅哽咽着，这一次，她终于将心里的结抛了出来。

姜怀明最见不得她这样，停了步伐，双手握住林如梅的肩，疑惑道："不是说你同事他们都在做这个吗？"

林如梅神色痛苦，连连摇头。

她说："不是，是因为临泽。"

向蔷坚持了一个晚上，一个晚上没找他聊天。

她把新手机开了关关了开，都没收到季临泽发的一条消息。

她迷迷糊糊睡着前还在骂。

"真有你的啊。"

向蔷一觉睡到中午，醒来后的第一反应是打开手机编辑短信骂他，但屏幕上显示着一条未读短信。

她点开一看，就见季临泽言简意赅地说：来吃饭，我爸妈不在。

吃饭就吃饭，说他爸妈不在是什么意思。

向蔷：不饿，谢谢。

季临泽：他们跟朋友出去泡温泉了，晚上才回来。

向蔷：和我有关系？

他没回了。

向蔷忍着怒气冲了个澡，不情不愿地去了他家。

他像是早就料到她会来，坐在餐桌边等她。

向蔷刚洗完澡，长发还是湿的，发梢凝结的水珠很快打湿了她睡衣的一部分。

向蔷站在门口，身后是艳阳，她扬了扬眉说："是你求我来的。"

季临泽笑："是，是我求你来的，快吃饭吧。"

他微抬下巴，指向餐桌上的饭菜。

向蔷坐下，尝了一口："你做的？"

"嗯。"

"还不错，你什么时候学的？"

"周末有空的时候。"

"哦，你爸妈怎么突然去泡温泉了？夏天泡不觉得热吗？"

"不知道，昨晚他们散步回来说，最近生意不忙，也不用操心我了，想两个人自由自在地出去和朋友放松一下。"

"行吧，是应该出去开开心心地享受下，省得在家里看你，看你就烦。"

季临泽用手指在桌上敲了两下:"快吃吧,多吃点。"

向蔷瞥他一眼:"你不吃?"

"我吃过了。"

"你给我吃剩饭?"

"谁让你来得这么慢。"

啪!

向蔷甩下筷子:"你这是什么意思,现在到了说好的时间了,你反悔了是不是?还是你觉得这样逗我很好玩?算了,挺没意思的。我们算了。"

向蔷不耐烦地把微湿的头发拨到脑后,作势要走。

季临泽把她拉了回来:"我有说反悔吗?"

"那你什么意思?你以前是不会给我吃剩的东西的!"

"不是剩下的,是专门给你做的。"

"专门?韭菜炒鸡蛋、油淋秋葵、乌鸡汤、板栗红烧肉,你会专门为我做这么多菜?"

季临泽:"嗯,你先吃,吃完我告诉你。"

他顿了顿,补了个字:"乖。"

向蔷果然很受用,神情变得柔和,语气也软了下来。

她重新坐回桌边,用筷子胡乱挑菜。

她问:"要告诉我什么?"

"告诉你,我有没有反悔。"

向蔷平常饭量就不大,一碗米饭是最大限度了,但今天的季临泽像是着了魔,一而再再而三地劝她多吃点。

向蔷怀疑他想撑死她,然后和别人双宿双飞。

她实在受不了,吃不下了,说:"你爱说不说,我不奉陪了。"

季临泽看着差不多了,让她去休息会儿,洗完碗他再去找她。

向蔷明知故问道:"这又不是我家,我想在哪儿休息就在哪儿休息啊?"

"去我房间。"

"行,这是你自己说的啊,不是我非要去的。"

"嗯。"

向蔷去了他房间,熟练地打开电扇,对着吹了吹风,又觉得站着累,便大大咧咧地往他床上一躺。

季临泽的房间很小,或者说这个家本身就不大。

姜怀明说等季临泽上大学了就把房子推倒重建。

向蔷反而很喜欢他的房间,小小的,东西摆放得很整齐,黑色木制书柜里堆满了各种书籍,空气中总是飘着一股熟悉的味道。

令人心安的味道。

他的床她也很喜欢。

单人铁架子床,夏天会挂蚊帐,轻薄的纱一放下来,像一个秘密基地。

就是床单不怎么好看，老式的格子花纹。

向蔷随手扯过他的被子盖肚子，却不料扯出一堆书。

她的第一反应是无语，谁毕业了还天天看书啊。

看到书的名字后，她第一反应是，啧啧啧，怪不得天天说在家看书。

这些书和上回的书差不多，又老又旧，书页都透着一股沧桑感。

向蔷饶有兴致地看。

咦……

向蔷又挑了挑，选了一本书，看得投入时，季临泽走了进来。

书桌前的窗户开着，风从窗纱的小孔里灌进来，吹起猩红色的窗帘。房间里像落了一层豆沙色纱幔似的，光影起起伏伏。

午后时分，炎热而寂静，外面的小道空无一人，只能听到断断续续的蝉鸣。

他站在光下，脸上忽暗忽明。

向蔷瞥他一眼，还是那句话。

美色误人。

还有，他怎么越来越帅了。

向蔷的头发干了一半，发梢仍有些湿。

她坐起身，撩开头发，一只手举起书得意地晃。

"原来你这几天说看书，是看这些啊。季临泽，看不出来啊！"

季临泽没说什么,只是看着她,接着反手一拨,关上了门,哐的一声,借着风的力道,这一声关门声不轻不重,正好能落在人的心上,被风吹动的猩红色窗帘同时高高扬起再缓缓垂下。

他似笑,又非笑,只是这么看着她。

向蔷嗓子眼突然一干,也得意不起来了,把书收了回来。

气氛从他关门开始,就变得不对劲了。

至于哪儿不对劲,向蔷一时也说不上来。

她装模作样地梳理自己的头发,自言自语道:"头发怎么还没干……

"你洗完碗了啊?

"下次少做点吧,撑死我了……"

"是吗?"他终于说话了。

他一步一步走向向蔷。

他那眼神,仿佛要吃了她一样。

向蔷抬起长腿,一脚踹到他的胸口,阻止他前进。

"你等会儿,季临泽,你……"

向蔷打量着他,然后看着他毫无顾忌地握住她的脚。

他冲她挑眉,意思是继续说啊。

向蔷明了了,她用脚趾点了点他的胸口,说:"不装啦?"

"我什么时候装过?"

"哟,你说这句话就是在装。"

他轻笑，胸腔微微震动，低声道："向蔷，我没装过，我只是在给你机会。"

向蔷双手往后撑，歪着脑袋看他，乐道："给我什么机会？"

季临泽居高临下地看着她，一双刚被冷水冲洗过的手冰冰凉，大拇指若有似无地在她的脚侧边摩挲了两下。

他没有很快回答，一双黑眸深邃，似乎在组织语言。

他说："你知道我喜欢你，但我不太确定你是不是在开玩笑。不过现在不一样了，你到了可以为自己的行为负责任的年龄了。"

他顿了顿，压低声道："所以，要不要和我在一起？"

向蔷心里乐开了花，但一想到他越来越装的那种腔调，气就不打一处来。

她一脚踹开他，缩回脚，一条条算账道："我开玩笑？我什么时候开过这种玩笑？还有，这就是你的告白吗？一点诚意都没有！还有，你喜欢我，你怎么从来不主动去我家找我，每次都是我找你。"

季临泽眼疾手快地重新捉住她的脚，把人往前一拉，俯身往下压。

一连串动作弄得向蔷措手不及。

等回过神来，他清俊的脸庞已近在咫尺。

他眼里融了夏日的光，炽热又恣意。

向蔷的心跳从未如此快过。

这一刻，她眼里能看到的只有他的嘴唇。

季临泽看着她越发迷离的眼神，嘴角微扬，故意又凑近了一点。

他解释道："以前小，不懂什么叫爱情——"

向蔷搂住他脖子，突然亲了他一下。

季临泽整个人不禁颤抖了一下。

向蔷刚想退回，季临泽却突然托住她的后脑勺，用力地亲了上去。

他的嘴唇薄而软，笨拙地一点点试探。

向蔷感觉自己快喘不上气了，季临泽微微停顿，看了她一眼，一个缠绵的吻再一次落下。

男生灼热的体温将她包围，向蔷又热又窒息。

书桌边的电扇摇头吹着风，但那点微弱的风根本不能散去她身上的热。

"临泽……"

向蔷有了求饶的意味。她喘着气，脸颊绯红。

季临泽不舍地结束了这个漫长的吻。

向蔷看着他，很快收拾好了自己的情绪。她抬抬下巴，不甘示弱道："你还挺'会'，你偷偷练过？"

季临泽滚着喉结，含笑道："我和谁练？"

"谁知道啊。"

他没接话，重新把人拉了过来。

向蔷也再一次融化在他的吻中。

他亲得很认真。

虔诚又珍惜。

向蔷如一朵在热浪下飘飘摇摇的蔷薇花。

外面的阳光过了层滤网，朦胧地笼罩了这个房间。

白色纱帐下，这方小小的天地里，他们只能看得见彼此。

"蔷蔷，我真的很喜欢很喜欢你。"季临泽喃喃道。

向蔷很满意，嘴上却哼哼唧唧的："男人的嘴，骗人的鬼。"
她难以形容这种感觉。

仿佛就是他，就是这个人，能和她一直这样不分彼此地走下去。

他一遍一遍地叫着她的小名。

过去十八年来他从来没这么叫过她。

小时候逗她玩，他总叫她"小强"，渐渐长大了，喊她"傻瓜""笨蛋""小屁孩"，再后来他直接省去了主语。

直到今天，称呼变成了"蔷蔷"。

语气亲昵，情意深重，心意明了。

晚上，姜怀明和林如梅回来了。吃饭时，季临泽随口说道："出去玩得开心吗？如果开心，以后你们可以经常出去走走，尝试一些新鲜东西。"

两个人对视一眼，笑道："开心，挺开心的……"

季临泽察觉到不对劲:"怎么了?你们这哪是开心的模样啊。"

林如梅说:"没,玩累了而已。"

"那你们早点休息。"

"嗯。"

林如梅顿了顿,说:"临泽。"

"嗯?"

"你……"

"怎么了?"

"没事,就是想着你和蔷蔷都要去北城上大学,离家远,是不是应该提前准备一下?"

"还早,下个月再说吧。"

"好,你们自己有计划就好。"

八月,季临泽和向蔷打电话说起整理行李的事时,那头的向蔷正清点着自己的物品。

季临泽半靠在床上,手里玩着上次她留下的黑色皮筋。

他说:"有没有想我?"

向蔷:"你猜。"

他弯着嘴角笑:"我猜你很想我。"

向蔷:"恭喜你猜对了。我奖励你后天来找我吧,后天我爸要出去工作,我妈要去参加同学聚会。"

很多年后向蔷回过头来看，才发觉十八岁是他们人生的分界线，泾渭分明。

同学们回忆起那会儿的生活都纷纷摇头，感慨读书时的日子真不是人过的，虽然也有很多美好的瞬间。

是啊，小学她和季临泽上的不是同一所学校，初中又不在一个班，高中好不容易进了同一所学校同一个班级，但因为校规甚严，他们在学校几乎没有什么交流，她又搬了家，连周末都见不到面。

可是那时候，她一回头就能看到他。

他低头认真写作业的样子，他趴着午睡的样子，他奔跑在球场上意气风发的样子。

她看到的季临泽，英气十足，眼神坚定又温柔。

八月末，两个人一起坐火车去北城上大学。她早就做好了功课，她坐四十分钟地铁就能到季临泽的学校。

她在火车上挽着他的胳膊畅想美好的大学生活。

周末，她要和他一起在图书馆里学习，在学校的林荫道上散步，还要尝遍北城的美食。

季临泽什么都说好。

向蔷满意极了，有一种报复成功的快感。

谁让他之前那么矜持，现在真落她手里了，她都会一一还回来的。

大学生活和预期的差不多，但也并没有多轻松，有时候比高中学习更累。

向蔷依旧很会苦中作乐。

她现在的乐变成了利用一切空闲时间给季临泽打电话。

甜腻腻的声音听得向蔷的室友们纷纷打趣。

女孩在几个年龄节点会有质的改变，进入大学就是一个节点。

向蔷摆脱了校服的约束后用了一个暑假研究穿衣打扮。

她还是更倾向于简单利落的风格，牛仔裤和质感优越的衬衫成了她的首选。

与此同时，她发现自己又长高了。

她那两条笔直纤细的大长腿让她在宿舍里十分具有存在感，她偶尔会说出几句犀利的点评，把不可一世的风格发挥得淋漓尽致。

室友们都是很好的姑娘，她们喜欢向蔷身上的潇洒气质，折服于她发表的独特见解。

所以当她像个小女生一样对着电话撒娇时，大家都大跌眼镜。

八卦是女生之间拉近距离的利器。

大家问起他们两个人的恋爱过程，向蔷事无巨细地给她们说了一遍。

向蔷有着大家羡慕的一切。

她生长在一个有爱和谐的家庭里,她聪明独立,内心丰富又强大,她喜欢的人也那么热烈地喜欢着她,并且那人同样优秀美好,家庭氛围也很好。

他们就像童话故事里的主角,天生要在一起。

经她们这么一说,向蔷才发觉,他们一路走来,遇见的所有人都很好。

家长、邻居、老师、同学……所有人都很好。

一个周末,向蔷去找季临泽,两个人出去约会。

他们之间总有说不完的话题,她什么都和他说。

昨天谁睡迷糊了穿着裤衩子就去上课了,谁连续熬了三天只为驯服一只麻雀,又有谁被电信诈骗了。

季临泽都认真地听着,偶尔和她一起惊讶、一起不解。

说着说着,向蔷想起室友们的话。

她仰头看他,说:"那天我和室友们说起我们曲折的恋爱史,然后我发现了一件之前一直被忽略的事情。"

"嗯?"

"你有没有发现,在我们的生活中根本没有出现过一些鸡飞狗跳的事情。你看隔壁的李婶家,一直吵吵闹闹的,李婶一会儿说不活了,一会儿说日子过不下去了。而且我的同学都有各自的烦心事——父母的固执，对未来感到迷茫，接济弟弟妹妹……你再看看我们。你刚搬来那会儿，我还担心过你。"

"担心什么？"

"重组家庭嘛，总会有很多问题，谁知道你们能处得那么好呢。当时周围有很多人都预测你们家会发生这样或那样的事情呢，后来，嗯……姜叔叔太好了，用行动证明了一切。"

季临泽听完，也开始细细回想过去。

真回忆起来，他突然发现十岁之前的记忆很模糊，只隐隐约约记得原来家里的一些陈设、他每天差不多的生活。

他的父亲是在他五岁时走的。他对父亲的记忆更是模糊。

不过听母亲说，他的父亲是个很好的人。

所以那时候知道母亲要再嫁，他心里有种异样感。

但如向蔷说的那样，姜怀明很好，用行动证明了一切。

和姜怀明住在一起后，他第一次体会到有爸爸参与的手工作业竟然可以完成得那样轻松，第一次看到母亲不用操心家里的琐事，第一次不用羡慕别人。

十岁之后，可能习惯了家里的人，他能想起的大多数事都和向蔷有关。

她像一株迎着风雨向上生长的美丽的蔷薇花，热情地表达自己，一颦一笑都自信明媚。

是他太胆小，他总怕这样好的向蔷说的那些话只是童言无忌。

他看向怀里的人，抱着她的手紧了紧。

闹钟响起，季临泽准时起床。

起身的一瞬间，他眼前一黑。

他下意识地摇了摇头，光才渐渐重新汇入眼睛。

只是……眼前的一切变得模糊不清，甚至离他越来越远，像是被缩小了一样。

季临泽闭上眼，缓了会儿，再次睁开眼时那些短暂出现的幻觉没了。

他心想，是自己的视力出问题了吗？

但是入学后的三次体检都没异常，那次全家一起体检也没有异常。

是因为昨晚熬了夜，身体太累了吗？

他后来观察了自己一阵子，没有再出现过那样的情况。

他以为那是一次意外。

就像人偶尔会肌肉疼痛、腹部疼痛一样。

时隔一年，季临泽上公共课时再次出现了类似的情况，持续的时间比第一次要长很多。

无论他怎么放松自己，怎么合眼休息，每次睁开眼，眼前的黑板和老师都十分模糊。

他努力地调节自己，额头上都出了一层薄薄的汗，终于在二十多分钟后看见了清晰的世界。

他在宿舍想了一中午,随后请了一下午的假,一个人去了北城口碑良好的三甲医院,挂了个眼科的号。

医生听了症状描述后,给他做了个简单的检查,问道:"家里有什么遗传病史吗?"

季临泽想起父亲,但记不清那时候父亲具体有什么症状了,只记得他一直躺在床上。

林如梅说他是瘫痪后走的。

他说:"应该没有。"

医生说:"那这样吧,我给你开个单子,你先去做做检查。"

视力对飞行员来说至关重要,季临泽握着缴费单,心像被石头压了一下,随后尽量理性思考,假设自己的视力真有问题,该怎么转专业,以后能往哪个方向发展。

彼时的他还没想过,这可能不是视力的问题。

一个星期后,季临泽去拿检查报告复诊,医生思考一阵,又问了几个问题:"最近有运动过吗?感觉正常吗?"

"前段时间参加过体测,一切正常。"季临泽回答。

"家里真的没有什么遗传病史吗?"

接二连三的询问让季临泽意识到不对劲。

他说出了父亲的情况。

医生的神情没有太大变化,只是说:"建议去神经内科看看。"

"是有问题吗?"

"我是眼科的,不好说。你听我的话,去神经内科看看。"

季临泽没有去,他照常上课下课,只是思绪很难集中。

他有种强烈的预感,他似乎在往一个不可控的方向走。他不知道前面到底有什么等着他,也不敢知道。

一个深夜,他睡不着,在宿舍的阳台上吹了很久的冷风,喉咙口发堵,想做点什么却又不知道该做什么。

他拿了件外套下楼,翻过宿舍的围墙,在空荡的校园里漫无目的地走。

不知道走了多久,他觉得有点累,连抬脚都有些困难。

他顺势在路边的长椅上坐下,看了眼时间,凌晨两点十分。

他翻着通讯录里的人名,最终停在向蔷那儿。

他给她打了电话。

向蔷最近沉迷于洗照片,但因为在学校里没有条件洗,所以每天都往校外的个人工作室里跑。忙碌之余,她想起来自己似乎有大半个月没有见季临泽了。

他最近话也有点少。

这晚,她不知怎的,也睡不着。在她翻来覆去之际,手机振动了起来。

她接通电话后,去了阳台,轻轻关上玻璃门,对着电话那头说:"怎么这个点给我打电话?"

季临泽很意外她接得那么快。

他问道:"你呢?怎么还没睡?"

向蔷望着凛冬的夜,轻笑道:"因为在想你啊。"

季临泽沉默了一瞬,也笑起来。

笑声很低很短暂。

向蔷很了解他,她揣摩了一阵说:"你有心事吗?"

回应她的又是一阵沉默。

过了很久他才回答道:"明天见个面吧,很想你。"

向蔷也沉默了。

她的笑意渐渐消散在风里,细长的眼睫毛垂下又抬起。

她拢了拢自己的衣服,说:"好啊,我也很想你。"

他说:"你睡吧。"

"嗯,你也是,晚安。"

"晚安。"

挂了电话,季临泽在原地继续坐了会儿。

凌晨两点三十分,他打算回宿舍,但想站起来的时候双腿似乎失去了力量,他绷紧大腿的肌肉试图用力,回应他的却是微微发抖的双腿。

他心里的预感在这一刻变得越发强烈。

他重重坐回长椅上，双目无神地盯着自己的双腿，心跳突然变快。

季临泽舔了下唇，抖着手再一次掏出手机，给林如梅发了条短信：爸当年到底是怎么走的？

这个时间林如梅早就睡着了。

季临泽没有得到答案。

他耷拉着肩膀，额头上早已汗涔涔的。

他不太敢试又不得不试，尝试再次站起来。

这一次肌肉有了感知，和以往没什么不同。

他缓慢地、小心翼翼地来回走了两步。

冷风终于吹干了他的汗。

他忘了自己是怎么走回宿舍楼的，甚至都忘了自己是翻墙出来的。走到宿舍楼底下，他刚抬起手想让宿管阿姨帮忙开门，手机响了。

是向蔷打来的。

她喘着气说："我在你学校门口，你能出来吗？出不来也……也得给我出来！"

季临泽如梦初醒，终于在一片寂静中有了点活着的真实感。

他声音很哑，说："等我。"

学校西南角的围墙很矮，经常有学生从那里翻进翻出，季临泽让向蔷在那里等。

一走近他就看到了一个高挑的身影。

她也看见了他，举起手摇晃着打招呼。

季临泽喉咙滚动，低下头，艰难地深吸了一口气。再抬头，他的眼眸弯起来，快步走过去，三两下翻过围墙，牵起向蔷的手放在自己的手心里给她取暖。

他问她："不是说明天见吗？怎么这个时间就来了？打车来的吗？深更半夜多危险。"

"你真啰唆，走啦，姐带你去玩点好东西。"

季临泽被逗笑，任由她拉着走。

黑夜无边，长路漫漫。

他想起那天他问向蔷要抱到什么时候，她说天荒地老。

如果他们真能一起到天荒地老就好了。

这一晚，两个人盖着棉被纯聊天。

向蔷还是和以前一样话多，说着说着把自己说睡着了。

季临泽抱着她，目光一点点地滑过她的脸庞。

和小时候相比，她真的变了好多。

但那时候小小年纪的她就是美人坯子。

现在她长发柔顺亮泽，鼻梁高挺，双唇红润，眉眼之间有着英爽之气，却在面对他时仍像个孩子。

季临泽一夜没睡，第二天一早就把向蔷送回了她的学校。

晨光微亮，她站在校门口，不顾别人怎么看，搂住季临泽的脖子踮起脚狠狠亲了他一下。

她说："笨蛋男朋友，我等你的电话。"

季临泽揉了揉她的脑袋："好。"

他离开时，向蔷回头看了一眼。

她笑不出来。

印象里，她没见过季临泽这样，哪怕是在学习压力很大的高三。

他一向很会调节自己的心情，从不和她诉苦，顶多是烦闷时不说话，睡不着时在院子里散步，但眉宇间不会有这种无能为力的疲态。

在所有的情绪中，唯有疲惫是藏不住的。

他就是这样一个人，如果逮着他问，他是不会说的。

所以她说，等他的电话。

他也知道她在说什么。

向蔷看着他的背影一点点消失在视野里，她转过头往学校里走去时，心跳猝不及防地漏了一拍。

心慌得叫人害怕。

仿佛是种预言提示，一个星期后，向蔷接到了季临泽的电话。

那是十二月，临近跨年，学校里张灯结彩，同学们都在讨论要去哪儿跨年。

季临泽那边的死气沉沉和这氛围形成鲜明对比。

向蔷洗坏了一张照片,她把工具放在一边,走出了工作室。

她说:"你说话。"

季临泽吞咽口水的声音非常清晰,他的气息紊乱且急促,又似在努力克制情绪。

向蔷把所有能想到的不好的事情都想了一遍。

比如他劈腿了,比如家里有人突然去世了,比如他也掉入诈骗陷阱,欠了一屁股债……

但她没想到,是他生病了。

他说:"蔷蔷,是遗传性痉挛性截瘫。"

他的声音淡淡的,像一缕青烟。

遗传,截瘫。

这两个词语足以让什么都不懂的向蔷明白这区别于寻常的病。

但人面对巨大的痛苦时会下意识地逃避、怀疑。

她说:"你再说一遍?这个……不好治吗?现在好像什么病都能治……"

季临泽又叫了声她的名字,似乎在告诉她,他没有开玩笑,这病治不好。

向蔷的声音颤抖了起来,她故作镇定地说道:"我来找你。"

"好。"

那天送向蔷回学校后，季临泽拿上证件去医院看了神经内科，他看着医生给他开的检查单上那些他从未听过的检查项目，更加确定心里的答案。

头MRI检查、脊髓MRI检查、诱发电位检查、肌电图和神经传导速度检查、基因检测、CT检查……

准备去做检查时，林如梅大概是看到了他的短信，打来了电话。

她遮遮掩掩地询问他是不是有什么事情。

他说："我好像生病了。"

林如梅久久没出声，但是那种微妙的痛苦气息隔着手机传给了他。

接着林如梅放声大哭。

哭完，她心死一般地说出了那个病的名字。

后来医生说，遗传性痉挛性截瘫具有高度的遗传异质性，分为单纯型和复杂型，病症大概表现为双腿痉挛性肌无力，双下肢远端深感觉减退，剪刀步态，伴视神经萎缩、复视等等。

这病无法根治，只能进行长期治疗，如果护理得当可维持患者数十年生命，或有少部分不会影响正常寿命。

他父亲发病那年也是二十多岁，后来伴随着并发症，免疫力慢慢变得低下，长期卧床导致皮下组织坏死。

慢慢地，生命便到了尽头。

这是多数人的结局。

林如梅从来不说这些，是因为她亲眼见过一个好端端的人如何因为瘫痪在床而变得性情暴戾，产生心理问题。

她不想季临泽从小就因为担心着发病而不快乐。

万一、万一她的临泽没有遗传到呢？

她一直那么小心地呵护着他，支持他的梦想，注重他的健康。几次体检下来都没有异常，她以为他会没事的。

这个冬天很长，所有人都在漫长的寒冷中逐渐接受了现实。

林如梅和姜怀明赶来给季临泽办理了退学，联系了当地最好的医院和最好的医生。所有人都被这场变故磨得褪了一层皮。

向蔷和学校里的老师打了招呼，跟着他们一起提前回了家。

回去的路途中，大家都没什么话说。

火车上人头攒动，十分喧闹，窗外景色飞速闪过。

向蔷紧紧握着季临泽的手。

她用心感受着他掌心的温度、指节的力量感，她想记住之后发生的所有的细节。

他们的关系不言而喻。

林如梅看着他们牵在一起的手哭得不能自已。

向蔷哭不出来，她呆呆地看着泪流满面的林如梅，随着车外的风景闪过，她的脑海中莫名浮现出过去二十年发生的种种事情。

他们一路走来，遇到的人都很好。

他们仿佛天生就要在一起。

但是，命运跟他们开了个玩笑。

第四章

她不会和他分开

回到家的那几个月，两人的生活和以前没有太大区别。

季临泽偶尔会出现复视、双腿肌无力的情况，频率很低，也听医生的话吃药、做康复治疗。

只是大家都变得沉默许多。

向蔷只能陪他到寒假结束，往后，她都要一个人来去学校。

林如梅私下找向蔷聊过一次。即使哭了无数遍，每每提起季临泽的病，她还是会潸然泪下。

她紧紧握着向蔷的手，痛苦万分道："蔷蔷，阿姨经历过一次，就算临泽能拥有正常寿命，你和他在一起要承担的实在是太多了。你们……就到这里，好不好？"

如果是自己的父母，向蔷可以冷眼拒绝，可以歇斯底里地质问"你们怎么知道我承担不起"。

但这是季临泽的母亲，比她还痛苦的人。

向蔷僵硬地站着，这是她自从知道季临泽生病后第一次手足无措。

她记得那天她去找季临泽，两个人在学校的后花园里，冷风呼啸，她站在那儿一遍又一遍地看他的病理报告单，试图从中找出一点能反驳的证据。

无望后，她静默了很久，冷静得超乎自己的想象，问他："那我们现在应该怎么做？"

季临泽连续一段时间没睡好，憔悴不少，他站在她面前，把她轻轻拥入怀中。

寒风吹干了他的嗓子眼，让他的声音听起来十分沙哑。

他说："蔷蔷，我应该回去。"

她说："好，我们一起回去。"

她花了很长时间去整理自己的想法。

她要怎么和辅导员请假，她要怎么说服父母让她留在季临泽的身边，她要……怎么做才能分担一点他的痛苦。

她想过他的生命有尽头，也许是再过三年、五年、十年。

但她从来没想过和他到此为止。

向蔷不敢想象，从这一刻开始她再也见不到他会怎样。

她想象不出那时的自己会是什么样的。

林如梅恳切地望着向蔷，这让向蔷快呼吸不上来了。

她猛地往后退一步，挣脱了林如梅的手，头也不回地跑回了自己家。

关上门的一刹那,她大口大口地呼吸,仿佛刚从命运的魔爪下逃脱。

与此同时,一个无比清晰的念头出现在她的脑海中——她不会和他分开的,谁劝都不行。

假期快结束时,向蔷最后一次去见季临泽。

林如梅在熬汤,两个人对视了一眼,谁也没提那件事。

向蔷肆无忌惮了二十年,脸上头一回露出逃避的神色,她躲开林如梅怜爱的眼神,快速走进了季临泽的房间。

他像以前一样坐在书桌前,摆弄着他的飞机模型,一旁的笔记本电脑里还放着电视剧。

向蔷发现他在看《大明宫词》。

她把窗户关紧了点,用寻常口吻问道:"怎么看起这个了?"

季临泽笑笑,放下模型,去牵她的手,平静地答道:"你以前不总说我比薛绍还帅,突然想起来,就看看。"

"那是我小时候看走眼,现在看的话,人家比你帅多了。"

"真的吗?"

向蔷晃了两下他的手,钻进他的怀里,轻快道:"假的。"

她不敢在他的腿上坐太久,亲昵地蹭了两下他的脖颈后要起身,却被他用力按下。

他紧紧抱着她，鼻子里闻到的都是她发间的香味。

他说："没事的，再抱一会儿。"

向蔷闭上眼，薄唇轻轻吻上他的脖颈，顺着往上，一点点地吻过他的下颌、耳朵、脸颊，最后是……嘴唇。

季临泽眼眸垂下，头微微凑过去，眼看着要亲上，向蔷推了他一下，故意往后躲。

他稍一用力就把人拉了回来，狠狠地亲上她的唇。

外面阳光温暖，透过透明玻璃缓缓洒入，空气中的细微尘埃清晰可见。

亲吻结束时，双唇之间扯出一根细细银丝，断在某个距离。

目光流转，两个人的眼里却没有笑意。

他们的想法在光下无处遁形。

过了很久之后，季临泽像哄孩子似的说："我不在那边，你无聊了还是可以给我打电话，或者给我发信息。"

"我知道。"向蔷顿了顿，"清明节放假我会回来的，五一也会回来，然后马上就到暑假了。"

"是啊，有的是时间。"

"你好好做治疗。"

"嗯，我这不是一直在很积极地做治疗吗？"

"行，信你一次。"

季临泽："几点的车？"

"下午三点得到火车站。"

"那现在差不多得走了。"

他贪恋地拥着她，在她的额头上重重地留下一个吻，轻声道："走吧。"

走出季临泽的房间，向蔷对上欲言又止的林如梅。

向蔷依旧想装作什么都没发生一样，但是一只脚跨出大门，她想了想还是回了头。

她说："小林阿姨。"

"嗯？"

林如梅局促地擦了擦手。

向蔷放低声音，道："临泽他，万一他不会像叔叔那样呢？也许只要护理得当就会好呢？"

林如梅的眼睛又红了。

向蔷走过去，给林如梅擦眼泪，笑着说："万一会好呢？你们都知道的，我可是到处说我以后要和他结婚的，哪能才走到这里就散了呢，这不是我向蔷的作风。"

林如梅努力让眼泪不掉下来，一把抱住向蔷："蔷蔷……"

向蔷拍拍林如梅的背，试图给她一些希望。

周慧和向奇把向蔷送去火车站，再一次问起季临泽的情况。

那会儿姜怀明和林如梅把季临泽从学校接回来，邻里知道原因后，都去探望过。

他们知道这个消息也是因为向蔷突然打电话说她回来了，接着他们夫妻才知道自己的女儿和临泽谈恋爱了。

这让他们一夜没睡。

无可否认，季临泽是个很优秀的孩子，假如没有这个病，随他们怎么折腾都好，但当初季临泽的父亲是怎么走的，大家都略有耳闻。

向蔷的性格又是如此执拗。

读书时，她考个第二名回来都能负气不吃饭，拼命做题，做到自己释怀了才行。

向奇做生意被人欺负，十几岁的向蔷天不怕地不怕地直接打电话过去示威、谈判。

她身上的傲气，做父母的比任何人都清楚。

他们不敢想象，假如季临泽走了他亲生父亲的路，他们的蔷蔷要怎么办。

眼下，周慧不敢说太多阻挠的话，心里也着实担心季临泽。

周慧坐在副驾驶位上，从后视镜里打量向蔷。

只见她神色淡淡的。

周慧皱了皱眉头，关切地问："蔷蔷，临泽那边怎么样了？"

向蔷轻描淡写地说："他没什么，在正常吃药做治疗，可能过段时间才能看出病情是好转还是恶化。"

大概是因为这是自己的父母,是最亲近的人,她可以知无不言。

到了火车站,站在茫茫人海中,向蔷突然感觉到一阵眩晕,她晃了晃身体,才勉强站稳。

向奇和周慧目不转睛地看着她,生怕她出一丁点儿意外。

他们欲言又止。

一向很会安慰人的向奇这回也是缄默不语。

他两手拎着向蔷的行李,迟迟没有递给她。

许久,向奇声音沙哑道:"蔷蔷,爸爸知道你一个人也能照顾好自己,对不对?"

向蔷说:"能吧。"

向奇:"爸爸不懂大学的规章制度,但总没有高中严格吧?你要是想回来就说一声,爸来接你。"

向蔷点点头。

三个人又陷入了沉默。

车站的顶钟准点报时,钟声崩断了向蔷脑海里的某一根弦。

她忽地抬头问他们:"你们也觉得我应该和他分开吗?"

周慧想说"是,长痛不如短痛",但话到嘴边,她看着个头早就比她还高的女儿,心里有什么地方在慢慢塌陷。

女儿看上去是那么疲惫,仿佛一夜之间长大了。

向奇更是咬紧了牙,眉头紧锁,胸口堵得难受,干脆背过了身。

周慧眼圈发红,深吸了一口气,回答道:"也许别人应该这样做,但你不是别人,妈妈了解你。蔷蔷,爸爸妈妈这几天想了很多,临泽对你而言,应该早就在你心里生了根,所以你听从你内心的声音,爸爸妈妈一直站在你身后。"

撑了两个多月的向蔷终于在这一刻卸下了负担。

她低下头,双肩耷拉下去,眼泪一行接一行地流下来,隐隐有了啜泣声。

压抑的情感一旦有了缺口,迎来的只有决堤。

向蔷双手掩面,蹲在地上,崩溃地失声痛哭。

她说:"妈,我真的好喜欢他……真的好喜欢他……妈,我好想替他生病,替他疼,替他痛……"

她身体颤抖着,像个无助的小孩。

周慧和向奇又何尝没有过这样的想法,看到自己的孩子难受,他们恨不得代替她承受这一切。

没有一个做父母的愿意看到孩子这样。

向奇听到她的哭声,眼眶也湿了。

周慧手忙脚乱地在包里找出纸巾,给向蔷抹眼泪,却越抹越多。

周慧哽咽着,搂住向蔷,轻声安抚道:"万一他会好呢?"

那是向蔷用来安慰林如梅的。

她知道希望有多渺茫。

她知道,终有一天,她会失去季临泽。

向蔷一有假期就回来。季临泽不太出门，一直待在屋里。

他最多在院子里吹吹风。

四季变化，他和她说着春夏秋冬的不同色彩，说上了高中后就没好好看过这里了。

他说，总是会想起小时候。

向蔷经常和他打视频电话，她感慨时代的进步，真好，让异地的人可以看见彼此的脸庞。

但也真不好。

因为她看着季临泽眼里一点点失去光，一点点变瘦，也愈来愈沉默。

二〇一二年夏天，向蔷大学毕业。同学们都在笑着说自己要去哪家公司，向往着未来的生活，她浅浅笑着祝福，收拾好自己的行李飞快回了家。

她也有这样一个地方要去，她一直热切地期盼着可以快点回去，回到他身边。

周慧和向奇问起她的工作，向蔷说："现在是网络时代，总会有赚钱的办法。"

周慧说："你自己打算好就好。"

向奇说："没事，大胆往前走，爸爸养得起你。"

向蔷知道自己面对的是什么。

正如预料的那般，季临泽向向蔷提出了分手。

那天很热，大概是这个夏天里最热的一天，向蔷陪他去做康复治疗。他怎么都站不起来，汗湿了衣衫，他咬着牙，最后重重跌坐在了轮椅里，轻轻闭上了眼。

命运有轨迹，顺着轨迹，他们亲眼看着他的下肢肌肉萎缩，渐渐失去力量。还有数不清的摔倒。

林如梅没想到这一天来得这么快，她哭喊着让季临泽再试试。意识到自己失态后，她哄着说："临泽，你再试试，再试试……"

季临泽颤抖着手，语气淡淡地说："回去吧。"

周围人没有动，他自己哆嗦着滚动轮椅，不断地喘粗气。

向蔷握住轮椅的把手，把他推出了医院。

外面真热啊，短短一段路，两个人出了一身汗。

姜怀明开车送他们回家。

四个人还是按照之前那样的位子坐着，还是夏天，却早已物是人非。

向蔷看着右手边的景色，凝视着车窗上的季临泽的身影。

这两年，他瘦了太多，双唇总是略显苍白，像一片在阳光下慢慢融化的雪花。

她安慰不了一个知道自己寿命不长的人。

任何语言在死亡面前都显得微不足道。

一路沉默到家，姜怀明抱扶着将人挪到轮椅上，然后向蔷接过手，她说："我推他回房间。"

季临泽的小房间里多了很多东西，书桌上放着成袋成袋的药，床边放着拐杖，地上放着夜壶。

那些他爱看的书、爱拼的飞机模型仿佛是上辈子的东西了。

久远到一想起，身体都会随之轻轻一颤。

向蔷熟练地解他的衣服扣子，她说："我用热毛巾给你擦一下，然后换件T恤吧。对了，把药吃了吧。"

向蔷去拿桌上的药，顺便倒了一杯热水，递给他时，他手一挥，打翻了水和药。

玻璃杯摔在地上，四五分裂，清脆的破裂声让屋外的姜怀明和林如梅都愣住了。

但向蔷并不意外。

她知道，他对自己的无能为力有多崩溃。

飞溅的玻璃碎片划伤了她的脚，血顺着伤口发疯一样往外渗，她的目光却始终停留在他脸上。

他看到了她脚上的伤口，闭了闭眼，冷漠道："我们算了吧，我累了，向蔷。"

印象里，她不记得他有这么郑重地叫过她全名。

向蔷喉咙发涩，苦笑出声，关注的重点放在了奇怪的地方。

她说："你叫我什么？"

他不回答。

向蔷也冷了脸:"我问你,你叫我什么?"

季临泽睁开眼,眼底一片绝望。他软和了声音,像从前哄她一般说道:"我们算了吧。我试过了,也努力过了,但是我改变不了命运的走向。我还能活多少年,五年?十年?你也继续这样活五年、十年吗?"

"你怎么知道我不能?季临泽,你怎么知道我不能?!"

"是我不能!向蔷,我做不到,我做不到每天看你这样活着,我也做不到面对自己越来越差的身体!我站不起来了,这意味着我以后需要更密集的护理。而且……我最近开始有点记不清事情了……"

向蔷站在他面前,比坐在轮椅上的他高出一截,却似乎快低到尘埃里。

她找不到什么更好的话来安慰他、安慰自己。

静默许久,窗外的蝉鸣高亢,那缕热辣辣的阳光如约而至,横亘在两个人中间。

猩红色的窗帘随着空调冷风的吹拂微微摆动。

逼仄的房间里阴沉昏暗,每一缕空气都像一根尼龙线,勒着人的喉咙。

向蔷僵硬地蹲下,开始收拾地上的碎片。

季临泽的眼圈发红,他的声音浮在尘埃上。

他说:"并发症有痴呆、听力障碍、癫痫……我会慢慢忘记你的。"

她的手一顿,玻璃碴儿扎进指腹。

她怎么会不知道呢?

过去二十年,她生过最严重的病是发烧到40℃,见过令亲戚去世的病是难以挽救的癌症,从而导致她对病理知识的接触少之又少。

可因为他的这场病,她觉得自己都能去哪个交通闭塞的地方当一回赤脚医生。

会慢慢忘记她。

听起来对他而言倒像是一种解脱。

向蔷忍不住冷笑一声。

她慢条斯理地把玻璃碎片包好扔进垃圾桶里。

她拿过桌上的备用杯子,重新给他倒了水拿了药,送到他面前。

季临泽没动,泛白的双唇紧紧抿着。

向蔷的心一点点软了下去。

她深吸一口气,尽量平静地说:"那你就当可怜我吧,再给我一些接受的时间。"

季临泽终于抬起头看她,说:"蔷蔷,不要这样。"

她依旧坚持:"再给我点时间,我也会忘记你的。"

她补充道:"我说真的。我还年轻,未来的路还长,在你这儿浪费几年算得了什么，指不定后面照顾你照顾得烦了，也就没那么多念想了。"

她说得冷漠，仿佛爱他一场只是为了自己的执念。

但他很了解她，没有人比他更了解她了。

季临泽接过她手中的水和药，麻木地吞咽下去。

向蔷想帮他换衣服时，他按住了她的手，有气无力道："让我爸妈来吧。"

刚刚的争执仿佛用尽了他所有的力气，按着她的手也只是轻轻搭着。

向蔷说"好"。

她走出房间，跟姜怀明和林如梅说了这事。姜怀明说他来就好，很快进了房间。

向蔷舔了下干燥的嘴唇，说："小林阿姨，我想喝杯冷水。"

"阿姨给你倒，给你倒。"

大概是这么多年从没见过他们两个人吵架，林如梅心慌极了。

向蔷执意还要和季临泽在一起，她默许了，两个人每次视频或者见面都还算和谐，她看着既觉得心酸又有些欣慰，至少对孩子来说还有个念想。

可现在……

向蔷知道林如梅在想什么，她解释道："阿姨，我们没事。我知道，他只是累了。"

回顾他生病前的二十年，是熠熠生辉的二十年，再看发病后的两年，是残败不堪的两年，谁会不累呢？

林如梅背对着她，肩膀止不住地抖动，一边摇头一边流眼泪。

她无法诉说这些个日夜里内心的煎熬和挣扎。

一边期望上天对临泽温柔一点，一边却看着他的病情越发严重。

她知道终有这么一天，可真当这一天来临时，她还是接受不了。

而他瘫痪在床只是个开始。

她不知道该怎么和向蔷说往后她们需要承受的东西。

向蔷看着林如梅的背影，突然想起当初第一眼见到她时她的模样。

那时候林如梅也不过三十岁出头，有一头乌黑的长发，身材曼妙，笑起来温柔亲切。

如今，她盘起的长发间布满了白发，总是在勉强地笑。

向蔷喝完水，如行尸走肉一般走回了家。

她洗了把冷水脸。

今年的她二十二岁，样子和十八岁时竟有了天壤之别。

对着镜子，她看到了自己微翘的眼尾、不苟言笑的神态，还有脸上的漠然。

她伸手去戳自己的嘴角，试图挤出一个弧度。

但这样的笑，真吓人。

晚上，向蔷躺在床上翻来覆去睡不着，她不断地回想起镜子里的自己。

她不由得想，上次笑是在什么时候。

上次和季临泽一起开心地笑是在什么时候，她回想不起来。

迷迷糊糊中，她回到了二〇〇〇年，那个午后的风温柔吹拂着的春天。

那是她第一次见到季临泽。

少年清俊，嘴角漾起的笑让这个春天黯然失色。

那段台词回荡在梦境里——

"我从未见过如此明亮的面孔，以及在他刚毅面颊上徐徐绽放的柔和笑容。我十四年的生命所孕育的全部朦胧的向往终于第一次拥有了一个清晰可见的形象。"

如果能回到过去就好了。

如果回到过去，她一定立刻抓起他的手说："我喜欢你，我们现在就要在一起，不要浪费一分一秒。"

自那天争执过后，两个人陷入了一种诡异的拉扯中。

向蔷白天照常过去，给季临泽端茶倒水，说些无关紧要的话，偶尔相对无言时，她会找一部电影一起看。

季临泽看不清这个世界的次数愈来愈多，也会出现听不清台词的时候，但他什么都没说，只是神色如常地盯着电脑屏幕。

看喜剧笑不出来，看悲剧哭不出来。只是，这样看着，打发时间。

人的情绪用光后的状态如同细沙过掌，能留住的只剩麻木。

麻木地习惯他缠绵病榻的样子，麻木地接受一切突如其来的变故，麻木地……等待那一天。

向蔷在老家花不了什么钱，但每个月周慧都会来一次，塞给她一笔钱。

她有时候会陷入一种绝望中。

她接受不了这样"啃食"父母的自己，却又放弃不了季临泽。

而这些，他都看在眼里。

又是一年，过年时，夜晚烟花漫天绽放，林如梅顶着红肿的双眼做了一桌菜。

周慧问向蔷回不回去过年，向蔷说不回去，夫妻俩没有说什么，只让她照顾好自己。

挂了电话，向蔷想去房间里告诉季临泽快吃饭了，结果刚推开门，就听到他连续不断的咳嗽声。

打开大灯一看，他脸色煞白，双唇干燥起皮，似呼吸不上来。

向蔷冲过去，摸了下他的额头，烫得吓人。

她拿起边上的羽绒服给他穿上，一边手抖着给他穿衣服一边对外头的林如梅和姜怀明说："叔叔阿姨，临泽发烧了，可能是肺炎，得去医院。"

季临泽还有意识，他握住向蔷的手，沉着冷静，很轻地说："我没事,别慌。"

向蔷的手真的不抖了,她吃力地扶起他说:"去医院。"

季临泽的双腿有轻微的知觉,但站立时间没办法超过三秒。

他靠在向蔷身上,沉甸甸的几乎要将她压垮。她勉强还能撑起他。

去医院的路上,林如梅坐在前排低低啜泣,姜怀明一言不发,眼下的两个眼袋足以说明这几年他也忧愁难过到了极点。

向蔷搂着季临泽,帮他顺气。听他接连不断地咳嗽,向蔷心悸,她害怕一场高烧就会让他倒下。

她知道,这一天早晚会来临。

卧床太久后,人会存在排痰功能障碍,免疫力也会低下,久而久之会特别容易患上肺炎。

她不禁回忆起今天。

为什么没有更早地发现他身体的不对劲,为什么没有发现……

季临泽咳得停不下来,胸腔像被灌了沙子,一粒粒沙子细微地磨着他的肺部,每咳嗽一下,头部就会痛一下。

眼前的景象又开始变得扭曲模糊了。

他看不清前排姜怀明和林如梅的身影,也看不清身边的向蔷,在颠簸中他仿佛要坠入深渊,能清晰感知到的只有向蔷的手。

两个人的手交缠在一起,是唯一的安心。

但他不能永远这么握着她的手。

他突然再一次想起从前,夏天的晚风轻轻拂过,吹起向蔷的长发,她那样明朗地笑着,而侧头看去,屋里面姜怀明和林如梅挤在一起做饭,有说有笑。

那天夕阳霞光万丈,天边的云层像被吹鼓了的气球,绵软的云朵簇拥在一起,把时间拉得好漫长。

向蔷看他越发难受,心提到了嗓子眼。

蓦地,他紧紧握了一下她的手,随后松开了,松得很干脆彻底。

向蔷的心跳停了一瞬:"临泽?"

他没有回应她。

"临泽?季临泽!"

他还是没有任何应答。

向蔷摸了摸他的脉搏,还在跳动。

她憋了一大口气,在感知到他心脏的跳动后整个人松弛了下来,额角密密麻麻的汗顺着脸颊淌下来。

她焦急地说:"叔叔,再快一点!他……他晕过去了!"

这是向蔷第一次经历电视剧里的场景。

医生和护士推着他飞快冲进治疗室。

她站在急诊中心,周围充斥着嘈杂的人声,惨白的灯光晃得人眼睛疼。

她习惯性地想拉住身边的人,寻求一点安慰。

但那个人却在死亡边缘徘徊。

眼前的世界开始一点点旋转，眩晕的感觉让她站不稳。

她踉跄着走到墙边，沿着墙壁缓缓滑下，把头埋进双膝之间。

不知过了多久，有人轻轻拍她的肩膀。

向蔷疲惫地抬头，她定了定神才看清眼前的人，是林如梅。

林如梅说："蔷蔷，临泽出来了，他没事，要在医院住几天，你先回去好不好？"

向蔷扶着墙站起身，但蹲太久，脚很麻，她瘸着腿，说："我看看他再走。"

林如梅凝视着向蔷的背影，眼泪再一次流下。

寂静的病房里，只有药水一滴一滴地往下落。

向蔷摸了摸他的手。因为打点滴的关系，他的手背冰冰凉，她给他盖好被子。

他呼吸平稳，神态是许久未见的放松。

向蔷静静守了他一会儿后在他额头上落下一个吻，她说："晚安，我的笨蛋男朋友。"

累很久了吧，今晚，一定要做个好梦。

后来，诸如此类的情况出现过很多次，多到他们不再慌张，慢慢地也转变为麻木事情里的一件。

那是第几年，向蔷记不起来了。

那天早晨，她被闹钟叫醒后，匆忙看了眼电脑上的工作进度，松了一口气。

她洗漱完下楼去季临泽家时,呼吸着新鲜的空气,忍不住感慨,网络时代真好,给了他们这样挣扎的人一个机会。

她一年前就开始调整自己的方向,往新媒体方向发展,创建摄影账号,做了些营销,很快走红,还接了些价格不菲的广告。

为了更新素材,她每个月会离开两天。

她喜欢拍人,喜欢捕捉他们眼里对这个世界的爱恨嗔痴。

她拍了无数人,唯独没拍过季临泽。

仔细一算,他们连张正儿八经的合照都没有。

大学时她拿手机偷拍过他几次,可当时不以为然,以为以后多的是机会,手机坏了,照片没了,想着没了就没了。

现在想想,有点可惜。

姜怀明和林如梅晚上轮流照顾他,白天则是她照顾他。

向蔷进屋时又见林如梅靠在姜怀明怀里哭,她垂下眼当作没看见,正要推开季临泽房门时林如梅叫住了她。

向蔷有种不好的预感,她紧紧握着门的把手,很久以后才回头。

林如梅含泪摇头道:"蔷蔷,临泽他……他……记不清人和事情了。"

这并不突然。

早在很久之前就有了预兆。

那时候他总爱说以前,说着说着会忘记如今是什么年份,但短暂思考后他也能记起来，最可怕的地方在于，他发现自己的记忆力在衰退。

他比他们任何人都懂会出现什么病症，这些病症是怎样的。

所以向蔷有时候觉得人太聪明也是一种负累。

向蔷揣摩着林如梅话中的意思。

他们的不断摇头让她明白，这次不是短暂的记忆缺失，而是一个开始。

就像他开始生病，开始瘫痪，开始频繁发烧……

向蔷还是那句话："我进去看看他。"

狭小的房间里堆满了各种医疗用品，它们逐渐吞噬了这个房间该有的朝气，书桌上的笔一支支地不见了，书柜里的书被挤在一起，空出的地方摆了药，曾经各种风格清爽的衣物被堆在衣柜深处，挂在椅子上的是日常换洗的纯棉T恤和长裤……

季临泽睡着了，这次睡得不安稳，他的眼珠在左右转动，像是被噩梦困扰。

向蔷坐在床边，食指点在他眉心，轻轻揉去他的不安。

他感受到异样，慢慢睁开眼。

那双被病痛折磨得混浊的眼，在这一刻显出难得的清澈，一如当年。

他说："你是谁？"

他嘴角带了点笑，真……一如当年。

向蔷抿了下唇，抬眼看着窗户外面的天，是春天，隐隐能闻到白玉兰的香气。

她的视线缓缓移到季临泽的脸上，她也朝他笑。

她歪了歪脑袋，扬起下巴，漫不经心道："我叫向蔷，蔷薇的蔷，不是小强的强。"

也许是这话听起来很有趣，他笑得更开心了，但一用力身体就扛不住了，胸腔震动，咳嗽接踵而至。

向蔷给他顺气，他却眼眸一黯，瞳仁颤动，绝望地看向向蔷。

她知道他记起来了，但他死死抿着唇，一言不发。

这也是开始。

季临泽从这个春天开始变得不爱和人交流。

他再也不会安慰他们说他没事，也不再愿意和她看一场电影，连吃饭都是随便敷衍地吃几口。

他经常靠着床背，侧着头，一动不动地望着窗外。

温暖的春风徐徐吹进来，撩起猩红色窗帘的一角，它飘啊飘，迷乱了人的视线。

向蔷说："我推你出去看看？很多花都开了。"

他不回答。

向蔷当他默认了，准备扶他时，他用尽全身的力气甩开了她的手，终于开口说话了。

他说："别管我。"

他的动作那么决绝，眼睛自始至终都不看她，但一开口，似乎还是心软了。

语气是压抑不住的温柔。

向蔷耐心十足，她扶好季临泽，抽出湿纸巾细细擦去他额头上的汗。

她低声道："要不要出去看看？今天太阳也很好。"

他又不说话了。

向蔷牵起他的手贴上自己的脸颊："真的不出去看看吗？我们去拍照片？"

季临泽抽出自己的手，把脸扭到一边，眉头皱得深深的。

向蔷没有勉强他，说："那下次。"

他还是不说话。

她安静地守着他，大概是忙了一上午，她趴在床边就这么睡着了。

季临泽睡不着，他注视着向蔷的侧脸，眼泪第一次流下。

他抬起手想摸她的脸，却始终没有落下。

今年是哪一年？

他努力回想了一下，终于记起。

今年是二〇一六年，已到了他们曾经说起的十年后。

"十年后我们在干什么？"

想过按部就班地工作，想过敲锣打鼓地迎娶她，唯独没想过十年后会是现在这样的光景。

二〇一七年,季临泽记忆清晰的日子屈指可数,因为卧床太久也出现了皮肤病变。

他没什么反应,只是静静地看着窗外。

看着繁花凋零,春去秋来,落叶归根,再到大雪纷飞。

从小到大,下雪的次数也是屈指可数,这一年的雪罕见的大,像要将这个世界掩埋一样。

向蔷陪他一起看雪,她知道他没办法听懂她的话,或者是压根就没有听。

但是她忍不住想说一些什么。

也是难得有这样的闲心。

向蔷坐在书桌前,手撑着下巴,望着窗外鹅毛般飘下的雪花。

她说:"高三那年下过雪你记得吗?我还特意告诉你要记住那是我们第一次看雪。我们倒在雪地里聊这聊那,我们还堆了一个超级厉害的雪人,打败了我爸爸的雪人。

"你那时候是真帅啊,我是真喜欢你。你还口是心非说不在乎我会被别人抢走,你总说我吃定你了。

"可明明……你心里在意得不得了,你真会装啊。

"哎,你说第一眼看到我就喜欢我,是不是真的啊?"

床边的暖炉烧得红通通的,让没有血色的他看起来多了一些真实感。

向蔷垂下眼,视线缓慢地掠过他书桌上的台灯、玻璃板下的照片。

她指了指书桌的一角说:"你以前喜欢在这里放书。"她又指了指另一个角落,"这里,你喜欢放飞机模型的碎片。"

说到飞机模型,向蔷看向他:"你为什么会想成为飞行员呢?我以前从来没问过你。"

他的眼珠自始至终没动过,窗外的雪花在他的瞳仁里纷飞。

向蔷弯下腰,凑过去,伸手握住他的手,微微张开他的五指,一个指头一个指头地揉过去。

她自圆其说道:"也是,喜欢一个东西需要什么理由呢?我都不知道我喜欢你什么,你说你,到底是哪儿让我这么着迷呢?爱情又是什么?是激素和多巴胺在作怪罢了。"

她将自己的手指穿过他的手,十指紧扣。

她说:"即使清楚爱情的本质,我还是不可避免地沦为它的阶下囚。唉……真文艺,季临泽,我这辈子第一次这么文艺。是不是很好笑?"

她短促地笑了两声。

回应她的只有雪花融化的声音和暖炉噼啪的燃烧声。

大雪融尽时空气里有了一丝春天的湿润气息,白天偶尔能打开窗透透气了,那股清新的味道不断地溜进来,却刺激得季临泽咳嗽不断。

在向蔷以为他又要高烧时,他却没有,人莫名其妙地清醒了过来。

三月、四月、五月……连续三个月他都十分清醒。

他知道这是二〇一七年的春天,知道这是自己生病的第七年,知道他们一转眼都已经二十七岁了。

习惯自言自语的向蔷在他清醒后却忽然什么都说不出来了。

每一次对视都仿佛有一把刀架在他们的脖子上。

他们都知道,时间在不可挽回地流逝。

这种认知,让她没办法再当一只鸵鸟。

而打破沉闷气氛的人却是季临泽。

五月,百花盛开的时候,外面温和的风吹拂着,吹得人软了骨头,心里随着野草的生长莫名滋生出些许遥远的希望。

这天林如梅和姜怀明要去医院给季临泽拿药,白天只有他们两个人。

许久没有这样清醒着独处,向蔷不知该说什么,只是照常给他揉捏四肢。

借着春光,季临泽打量起向蔷。

二十七岁的向蔷面孔干净白皙,细长的眼睛犹如月牙,纤长的睫毛轻轻颤动,抿着的薄唇总带着几分冷漠疏离。

他睃了一阵，发现已经很难在向蔷的脸上找到从前的天真烂漫。

他把她带到了谷底，坠落时风如刀片划在他们身上，将他割得千疮百孔，也将她伤得体无完肤。

这是他曾经在心底发誓要好好呵护的人……

他浅浅吸了一口气，哑声道："蔷蔷。"

这一声仿佛隔了几十年，向蔷手一顿，不太敢相信地看向他。

季临泽咳了一阵，缓缓道："我想出去晒太阳。"

向蔷眼睛里久违地浮现一点笑意。

她说："好，你等我一下，我去把轮椅清理一下。"

她忙前忙后，似乎抓住了一丝春天的希望。

季临泽虚弱地揪住被褥的一角，手指一点点收紧，像他那颗心脏一样。

他很久很久没有出门了，当阳光照在身上的那一瞬间，他呼吸停了一瞬，短暂的眩晕后，这个绚烂的世界逐渐呈现在眼前。

院子里的那棵玉兰树已经能撑起一片阴凉，洁白的花骨朵圆润饱满，幽幽的香味飘满整个院子。

季临泽摊开掌心，掌纹一条条，在阳光下清晰无比。

他们说掌心的三条线分别代表爱情、事业、寿命。

如果线长、干净，则代表一生顺遂。

看来是不可信的，因为他掌心的每一条线都干净绵长。

向蔷搬了张凳子坐在他身边，问他在看什么。

季临泽说没什么，随后朝向蔷伸出手，示意她把手给他。

向蔷凝视着他的手掌，鼻腔里的酸涩猝不及防地一拥而上。

仿佛等待了几个世纪一样，她郑重地、缓慢地把手放在了他的掌心。

他的手指还是很好看，骨节分明，指尖发白。他的指甲是她修剪的，一直保持着干净整洁。

季临泽说："以前也会这样牵你的手。"

他的声音不知从何时开始，总是轻得不行，嗓子像被磨过一样，沙哑低沉。

向蔷压下身体里翻涌的酸涩感，低头调整了下自己的呼吸，再抬头同他一起看向这春天。

她回答说："是啊，什么关系都不是，你却总爱牵我的手。"

他笑起来，伴随着咳嗽。

向蔷也笑，嘲讽他说："你以前眼里只有你的飞机，现在知道我珍贵了吧？"

季临泽握紧她的手，表示他知道了，他有点后悔。

向蔷靠过去，挽住他的胳膊，久违地感受他身上的温度。

她说："你看，那是白鹭。"

她说："你听，那是不是麦浪的声音？"

她说："以前的五月我们在干什么？"

在忙着各种考试，忙着长大吗？

长大是什么？

是大人们口中顺利地大学毕业、工作稳定、婚姻幸福、儿孙满堂。

是这样吗？

陷入久远回忆中的感觉并不好受，向蔷缓缓动了下眼皮试图拉回自己的思绪，却被阳光刺伤了眼睛。

这一瞬间的不适让她浑身发抖，一种痛感从脚底蹿上来，直击心脏。

她心口一痛，肩膀缩了缩，许久才放松下来。

季临泽察觉到她突然的不安，再次握紧她的手，投去沉沉的目光。

向蔷不敢和他对视，突兀地站起来说："中午了，你妈早上走前做好了饭，我去热一下。"

说完，她像是想到什么，问道："还是……你想吃我做的？"

季临泽说："好啊，吃你做的。"

向蔷是被父母捧在手心里长大的公主，洗衣做饭从来都没做过。

这样一个人，在这七年里学会了独自生活，还学会了如何照顾他。

都说久病床前无孝子，比起生病带给人的疼痛感和无助感，长久地去照顾一个人才是真的折磨。

他了解向蔷,知道她会始终如一地坚持下去。

可他坚持不下去了。

每次清醒过来,他看到的是林如梅控制不住的眼泪,姜怀明一声声的叹息,还有向蔷疲惫的双眼。

她好像给自己设定了一个牢笼,死死捂住那把锁,不让任何人去打开它。

季临泽红着眼深吸了一口气,嘴角扬起一个弧度,重新抬头看向蔚蓝的天际。

向蔷在厨房里捣鼓土豆,她没找到林如梅去皮的工具,干脆用刀削皮。

皮削下来,拳头大的土豆只剩鸡蛋大小。

她想了想土豆丝的样子,然后低头认真切起来。

是酸辣土豆丝还是土豆炒肉丝?向蔷问季临泽想吃哪个。

他转动轮椅,朝屋内看去,看到砧板上薯条般粗细的土豆丝后笑了。

他说:"酸辣土豆丝吧,简单点。"

这是向蔷第一次下厨,先放的土豆后放的油,锅烧得通红,油烟瞬间布满厨房。

最后她勉为其难地炒完了土豆丝。

向蔷把土豆丝摆在季临泽面前，说："先吃我做的再吃你妈做的。"

季临泽看她灰头土脸的样子，对她说："过来。"

向蔷以为他有什么需求，走了过去。

季临泽抽了张纸巾，细致地给她擦脸。

向蔷这才敢对上他的眼睛。

是不是因为今天心情好，他的眼睛里有光，像那一天，他站在她面前，边和她说些什么边温柔地帮她翻衣领。

擦完脸，目光再一次交汇，两个人都浅浅一笑。

向蔷好像又成了那个高傲的向蔷。

她不由分说地朝他扬下巴，示意他赶紧吃。

季临泽好像也成了那个张扬有点欠揍的季临泽。

他尝了一口说："你以后还是不要做饭了，不然迟早把自己毒死。"

"你说什么呢，你以为我是你，只会做几个油腻腻的菜？"

两个人笑起来，笑够了，季临泽缓缓地说："以后……得找个会做饭的。"

向蔷整个人一僵，笑容也随之消失。

但她很快掩饰过去，继续笑道："当然。"

简单吃了点，季临泽说累了，想回去躺一会儿。

向蔷一个人扶他其实还是有点吃力。

他下半身已经完全没知觉了，重心都压在她身上。

她以为这次他会像起来时那样完全依靠她，没想到他能自己勉强站一站。

向蔷有点不太相信，她扶着他，想往下去看他的腿，却被他一把拥入怀中。

宁静的午后，春风和煦，白玉兰的香气萦绕，老式的猩红色窗帘扬起又落下。

季临泽发狠似的抱紧她。

他把头埋在向蔷的肩头，因为过于用力，整个人颤抖得不行。

向蔷昂着下巴，眼前有点迷蒙。

她笑着说："怎么了？"

他什么都没说，只是像曾经某个瞬间一样，痴迷地叫她"蔷蔷"，不断重复，直到精疲力竭。

蔷蔷……

蔷蔷……

再见。

向蔷知道，终有一天，她会失去季临泽。

这天是二〇一七年五月的一天，是极其平凡的一天。

天微微亮时，她还在做梦。

梦里在延续昨天的温情，他们一起做饭，相互拌嘴。梦里他的掌心干燥温暖，贪婪地抚摸她的脸庞，他低低呢喃她的名字，说不尽的柔情。

但就在这一刻她的心猛地一跳，大汗淋漓地从梦中惊醒。

窗外是灰蒙蒙的天，空气凉凉的。

她抱着脑袋大口大口地喘气。

好不容易缓过神来，她却听到隔壁一声撕心裂肺的呐喊——

"临泽！"

是林如梅的声音，如同尖刀刺破黎明，悲哀的尾音久久回荡。

向蔷晃了晃身子。

这不是她第一次听到这种声音，她知道这种撕心裂肺的呐喊预示着什么。

她连鞋都来不及穿，朝那个地方拼命地跑，拼命地跑，好像只要快一点、再快一点，她就能如电视剧里的主人公一样，抓住命运的尾巴。

可真来到他房间门口，她却不敢进去了。

剧烈快跑后，她的心脏疯狂地跳动，喉咙口涌上一阵血腥味，连带着腿开始发软。

小小的房间里，白炽灯静静照着，晨曦如同一缕轻纱，缓慢地从那个窗户飘进来。

一切都太安静了。

哪怕林如梅哭得不能自已，姜怀明低低抽噎。

这一切，仍然太过安静了。

季临泽就躺在那儿，宛如过去无数个清晨睡着了一般。

只是又很不一样。

此刻的他看起来眉宇放松，像是终于得到了解脱。

向蔷没有走进去，只看了几眼。

她没有哭，也没有发疯，她和这个安静的早晨融为一体。

她坐在门口的石阶上，盯着那棵玉兰树看。

它的花期快过了，花瓣开始发黄蜷缩。

太阳一点点升起，风从南而来向北吹去，吹散了她的影子。

周围邻居都听到了林如梅的哀号，他们很快从四面八方赶来，帮忙操持丧事。

哪怕走进走出搬东西不方便，也没有人让向蔷让一让。

真到这一刻，林如梅比他们想象的坚强，还能配合大家。

而大家，好似都早就有心理准备季临泽会走。

这种喧闹的场面终于拉回了向蔷的神思。

她扶着门框站起来，赤脚踩在冰凉的水泥地上，发丝凌乱、眼神呆滞，像一个无助的孩子。

她缓缓看向周围的人。

右前方是李婶，喜欢给她和季临泽吃粽子糖的李婶。她一把年纪却精神很好，黑色发箍将她的头发拢得一丝不乱，一向笑眯眯的她此刻也在笑，但又不是那种笑。

左手边是廖叔，在菜市场卖猪肉，碰上邻里去买，总能便宜个几块钱。他健壮结实，此刻正在帮忙搭棚。

再远一点是徐姥爷，他九十岁了，驼背，拄着拐杖，每次只能迈开一点点步伐。他站在角落抿着掉光牙齿的嘴巴，一言不发地听别人说话。

他真的死了吗？

死亡，这么简单吗？

向蔷后背冒出了冷汗，周遭的一切如同电影中的场景，飞速旋转，她快看不清这里的一砖一瓦。

"蔷蔷！"就在这时，一道熟悉的声音从远处传来。

她猛然清醒，抬头看去，是爸爸和妈妈。

她的瞳孔终于可以聚焦。

周慧红着眼，疾步走来。

她心疼地扶住向蔷，双手不停地在女儿的双臂上揉搓，看到女儿赤裸的双脚时，她的眼泪掉了下来。

她说："先跟妈妈回去，我们去把衣服鞋子穿好，好不好？"

棚子搭起来了，明媚的天空被隔绝，许多小方桌快挤满院子，房子的大厅被清了出来，租借的棺材被抬了进去。

向蔷有种灵魂要被抽出体内的感觉，她朝周慧点了点头，又徐缓地哑声问道："几点了？"

"快九点了。"周慧说。

时间真是不等人啊。

她已经在这里坐了将近四个小时了吗？

她期盼的十年后就这么到来了吗？

长大是什么？

是大人们口中顺利地大学毕业、工作稳定、婚姻幸福、儿孙满堂。

是这样吗？

为什么长大也包含生离死别？

一切就这样轻易地结束了吗？

过往的种种是真实的吗？

向蔷一直在想，一直在努力分辨这到底是现实还是虚幻梦境。

她面无表情地跟着周慧回了家，周慧给她倒热水洗脚，给她找衣服穿，向奇去了季临泽家帮忙。

两家实在挨得太近了，即使关上门窗，季临泽家那种喧嚣悲戚的声音还是会悉数飘进来。

向蔷问周慧："是谁在哭？"

周慧给她拿了件黑色外套，回答说："是临泽的姑姑、姨妈们。"

"哦，我记得她们，她们差不多两个月会来一次，每次来都会买很多水果和牛奶。他不爱喝牛奶，最后都是我喝掉的。蛮奇怪的，纯牛奶里面没有什么添加剂，他怎么还是不爱喝呢，明明不是巧克力牛奶。"

向蔷穿好外套，对着长镜照，她说："这件外套还是大学时买的，我好像很久没买衣服了。他也是，他以前其实还挺会打扮的，他等会儿会穿新的衣服吗？"

周慧忍着眼泪，但是哭腔掩盖不住。

她说："会的。"

"谁给他买？"

"如梅会买的。"

"那就好，小林阿姨应该知道的，他最喜欢干净的颜色了。"

"会的。"

向蔷走到房间窗户那儿，她曾站在这里朝他家那边看过无数次。

偶尔她刷题到很晚，在窗户边呼吸新鲜空气时，会看见失眠的他。他就在院子里散步，不知道在想什么，想到入神了便倚靠在水池边上，一会儿抬头看月亮，一会儿转手中的笔。

她试图引起他的注意，抓起手边的橡皮砸他，但一次都没砸中过，第二天再偷偷过去捡橡皮。

后来他使坏，故意把她的橡皮藏起来，然后在路过她的教室时，透过窗户砸她。

那是什么时候？哦，是初三说了他和李琳琳的事情后。

因为他这种恶作剧，同学们学狒狒学得更像了。

想到这里，向蔷嘴角缓缓扬起一个弧度，那时候真是懵懂又热烈啊，再看眼前，向蔷的笑很快消失了。

现在已经不是那时候了。

周慧站在向蔷身后,看着女儿微微晃动的身影,眼里噙满了泪水,她闭了闭眼,泪珠滚滚而下。

向蔷不知道,她仍看着那边,迷茫地问周慧:"妈,我要过去吗?"

周慧说:"你想过去吗?"

向蔷说:"可我是他的谁?我过去了然后呢?"

向蔷往后退了两步,拉上窗帘,房间陷入一片黑暗,但春光见缝插针地透进来,如刀背反光,一条细长的光线晃在木地板上。

向蔷觉得刺眼,她很认真地把窗帘拉好,不留一点缝隙。

做好一个牢笼后,她恍惚了一上午的神志终于有了一丝丝放松。

她走到床边,脱去周慧给她穿上的鞋和袜子,要躺下时,想起还穿着外套,又坐起来把外套脱了。

她缩进薄被里,把头深深埋进去。

过了会儿,她说:"妈,有没有厚一点的被子,我好像有点冷。"

周慧捂着嘴,哽咽道:"有,有,妈去给你拿。"

因为向蔷一直住在这里,周慧月月也会回来,给她收拾下屋子,塞点钱给她。

周慧从柜子里翻出两个月前才收起来的冬被,抱到向蔷的床上,轻柔地给她盖好。

她问向蔷:"蔷蔷,现在好点了吗?"

向蔷闷闷的声音从棉被里传来:"嗯,好多了。妈,我要睡一会儿。"

"好,好……你睡吧,妈妈在楼下,妈妈守着你。"

里头没声音了。

周慧给她带上房门,门关上的那一刹那,周慧再也控制不住地抽泣起来。

向蔷睡得很沉。

家里的棉被和季临泽家的是一样的,妈妈总是说外面的被子不好,她们信奉自己弹的是最好的。

那时候周慧会约着林如梅一起去弹棉花。

周慧说:"要多弹几床,以后给蔷蔷嫁人用。"

林如梅说:"那我也多弹几床,给临泽结婚用。"

向蔷记得季临泽床上的味道,他的被子总有种"阳光味",他睡久后,上头还有他的味道,是沐浴露淡淡的清香,是他自身的清爽香味,还有随着年纪增长,自然而然涌出的少年荷尔蒙味道。

她周末喜欢在他床上睡午觉,她才不管别人怎么说、怎么想。

而他每次都会睡在客厅的藤椅上。

他纵容着她的骄横跋扈,也小心翼翼守护着她的天真烂漫。

还有什么呢?

诸如此类的事情，明明还有很多啊。

向蔷在梦中紧紧皱着眉，她拼命回忆，终于又想起一些那时候的事情。

以前秋游，他们不是一个班级，坐的不同的大巴车，当两辆大巴车并排行驶时，她无意中转头，看到同坐在窗边的季临泽也在看她，她冲他飞了个香吻，他低低地笑着。

高中的时候有次开运动会，季临泽报了长跑，跑完明明很渴就是不喝水，放学回家的路上，他抢过她的巧克力牛奶喝了个精光。

还有一次，八百年不会痛经的她因为高考熬夜太狠，那个月痛得死去活来，她发去一条短信，他立刻从乡下坐车过来，美其名曰来看看她的新家，然后给她揉了一下午肚子。

那些画面如同走马灯一样闪过脑海。

伴随着隔壁断断续续传来的哀歌。

向蔷陷在那些回忆里，她心底有个声音逐渐冒了出来——这里才是现实吧？

她一抬手就可以牵到季临泽的手，一回头就能看到他的身影，这样的世界才是现实啊。

对，这样的世界才是现实。

挣扎过后，她安心地往下陷。

但在这时候，那个世界的门被掀开，幽幽的声音从远处传来。

有人不断地叫她的名字："蔷蔷！蔷蔷！蔷蔷！"

她睁开眼，满头大汗。

昏暗的房间灰蒙蒙一片，她反应不过来。

这是哪里？

现在又是什么时候？

她在……干什么？

周慧擦去她额头上的汗，眼里满是作为一个母亲的心碎。

"蔷蔷，起来吃点东西。"

向蔷仿佛一株干涸的植物，她张了张嘴，发现喉咙像被风干了一样，很难发出声音。

她尝试了好几次，终于有了点儿力气。

她说："我不饿……我想再睡一会儿，我有点累，妈妈，我有点累……"

"别这样，吃点东西好不好？"

向蔷往被子里缩了缩，呆滞地盯着一个方向看。

周慧说："妈妈去给你煮点粥。"

她不回答。

周慧温柔地抚摸她的脸庞："会好的，蔷蔷，会好的。"

她还是不回答。

但后来周慧把粥端过来，她还是吃了一点。

她想让周慧别哭，可这句话像卡在喉咙口的鱼刺，一动就扎得人生疼。

那是葬礼的最后一天，但向蔷不知道，她躲在自己床上，沉浸在梦境里。

这次叫醒她的不是周慧，而是林如梅。

她一袭丧服，熬了几晚没睡，眼睛肿成鸡蛋，眼里布满密密麻麻的血丝，一进房间，就把灵堂里的香烛味带了进来。

这种味道犹如某种毒素，快速侵占向蔷的身体感官，她的心跳快起来，她再也没办法当一只鸵鸟了。

林如梅看着脸色惨白的她，话还没说出口就哭得快晕过去了。

姜怀明一把将人搂住，沉声道："蔷蔷，今天临泽要走了，你和我们一起去送送他。"

走了。

走了……

向蔷咀嚼着这两个字。

明明不久前还在和她一起看风景、聊天，他还抱她了呢。

他要去哪儿？

要走去哪儿？

姜怀明看着向蔷痴痴呆呆的样子，扛了几日，这一刻他再也扛不住了。

他扶住林如梅，抹去自己的眼泪，重复道："蔷蔷，你要和我们一起去。临泽一定想最后见你一面的。"

向蔷缓缓抬起眼,像是终于明白了这一天的重要性。

她淡淡道:"好,那我……我……妈,我的衣服呢?"

周慧拿过边上的外套,给她穿上。

姜怀明扶着林如梅离开了房间。

而楼下的向奇也在等着他们。

向蔷像过去几年每一天的清晨一样,起来洗漱,准备去他家。

她想,接下来是去他家蹭个早饭,然后帮他倒水喂药,做手足按摩。

走出自家院子,她看到这么热闹的姜家,突然轻轻"啊"了声,没头没脑地说:"他不用吃药了。"

说完,她继续往前走。

宾客们本来在叽叽喳喳地讲话,看到她,大家颇有默契地静了一瞬,接着又交头接耳起来。

向蔷走到客厅门口时停了一下,她往里看了一眼。

灶台上堆满了食物,苍蝇三三两两飞舞。

客厅边上就是季临泽的房间,房门打开着,书桌上所有的东西都没了,变成了一些纸元宝之类的冥物,他的床也被清空了,只剩一个空空的床架子。

仿佛他从未来过。

她没有进去,跟着周慧去了大厅。

传统的民间丧仪，花花绿绿的花圈堆满了屋，一对白烛没日没夜地燃烧着，音响里循环播放着她说不出名字的歌曲。

　　刺得她的耳膜一跳一跳的。

　　她环顾完这一切才不得不朝那个位置看去。

　　季临泽还是那个季临泽，白皙的皮肤，俊俏的面容，甚至这一刻的他比过去几年看上去都要光彩夺目。

　　林如梅给他买了一套西装，里头搭的是白衬衫。

　　这是向蔷第一次看他穿西装，她从前以为他第一次穿得这么正式会是在他们的婚礼上。

　　向蔷坐在离他最近的位置。

　　她静静地看着他，他的眉眼、睫毛、没有血色的嘴唇。

　　如果人真的有灵魂，那他现在在想什么呢？

　　他看到这满屋伤心的人会不会有点后悔为什么不能再坚持一下呢？

　　会后悔吗？

　　向蔷忽然觉得自己有点不了解他了。

　　坐在边上哭丧的长辈边哭边诉说着他的一生。

　　说他三岁就聪明得不得了，会识字数数。

　　说他上学后一直名列前茅，是家里的希望。

　　说他为人谦和有礼，又幽默孝顺。

　　说他就这么走了，让他们怎么办。

能怎么办?

向蔷想,不还是得活下去吗?

她静静地坐着,一言不发。

没一会儿,外面似乎又有亲戚来了,林如梅和姜怀明不得不挤出笑容去迎接。

但向蔷听到一声令人难以置信的"黄老师"。

她以为自己产生幻听了。

但下一秒,外头真的传来黄柏的声音。

黄柏安慰着这对夫妻,声音难掩悲痛。

他说:"我年过半百,教过的学生数不胜数,有出息的也数不胜数,却只有这么一个孩子让我彻夜难眠。他是个好孩子,你们养了个好孩子,也受苦了。"

随着一阵骚动,有人影挡住了灵堂门口的光,向蔷顺势看去。

她果真看到了黄柏,他身后还有几个昔日的同学。

每个人都眼含热泪。

向蔷站起来,平静且有礼貌地喊了声黄老师。

黄柏深吸一口气,一个字还没说出口,眼泪便掉了下来,他紧紧握住向蔷的手。

向蔷垂下眼轻轻地对季临泽说:"黄老师来看你了。"

说完,她似乎想起了什么,喃喃道:"曾经我还让老师来参加我们的结婚典礼呢,现在算吗?不算吧?"

黄柏看她这副样子心一痛，松开她的手，头也不回地往外走。

刚迈出灵堂的门，他就捂着眼睛痛哭不止。

他没有忘记过他和向蔷说的话。

他们毕业后，也一直和他断断续续有联系。

他们实现梦想，作为老师，他真心实意感到骄傲自豪；他们如约在一起，作为长辈，他真心实意祝福。

如今，这叫什么事儿呢？

黄柏没留下吃饭，他说自己老了，见不得这样的情景。

跟着来的几个同学留下来了，林如梅招呼着他们，单独给开了一桌。

他们笨嘴拙舌地安慰林如梅，却见她一直看着他们笑，仿佛在透过他们看季临泽。

他们又想安慰向蔷，但她过于平静，让所有的话都变得苍白。

十一点半，吃完午饭，要出发去殡仪馆。

照片是林如梅捧的，棺材是年轻力壮的男人抬的，伞是姜怀明撑的。

她只能站在角落目送他离去。

结束了吧？

向蔷要回去，却被林如梅叫住。她说："蔷蔷，送送他。"

向蔷说"好"。

向蔷跟着上了车，路不够平，一路晃得不行。

有个亲戚坐在窗边撒米，说是要指引回家的路。

向蔷突兀地问："那他什么时候回来？"

那个撒米的人一怔，看向林如梅，表示自己不知道怎么回答。

坐在向蔷身边的林如梅握住她的手，轻轻拍了一下。

向蔷没有再问了，她把目光投向窗外的景色。

快要入夏了吧，风是热的，让人喘不过气。

可不对啊，前几天明明还是温和的春天。

她想不明白这个问题，一路都在纠结。

简直比她过去做过的奥数题都难。

他最后的吊唁灵堂被安排在十号厅，殡仪馆的人一天不知道要走多少次流程，冷冰冰中带着一丝违和的虔诚。

鞠躬。

默哀。

家属最后见一面。

好不容易缓过来的林如梅，在这一刻像疯了一样喊起来、闹起来，她紧紧扒着棺材，手指都抠出了血。

"临泽、临泽！你让妈妈怎么办！妈妈恨不得代你去死啊！临泽！临泽！临泽！求求你们了，再让我看一会儿！求求你们了！不要这样对我儿子！他读书很聪明，从小到大很听话，他乖得不行，为什么要让他这么遭罪？为什么啊？"

工作人员见惯了这种生死离别的场面，冷静地让其余家属拉开林如梅。

边上的亲戚也哭。

他们说："如梅命太苦了，临泽那么好的孩子……唉！"

他们说："你们可能不知道，临泽是自己选择走的。"

"啊？怎么说？"

"别和别人说啊，如梅不让说。说是早上去看他，发现床上都是血，掀开被子一看，手腕那里……唉。"

"这孩子，造孽啊。"

浑浑噩噩了几天，向蔷终于有了一丝回归现实的感觉。

她站在角落里，嘴唇止不住地哆嗦起来，短短几分钟便汗流浃背。

她想抓住点什么支撑自己，但周围空荡荡的，连个扶手都没有。

林如梅哭天喊地的声音回荡在厅里，让她头皮发麻。

她过了好一会儿才消化完他们的话。

她想起那天。

他的笑容，他的玩笑话，他亲昵的称呼。

原来，是道别。

多自作主张的道别。

他可真了不起啊。

他一点都不后悔吧。

真是个浑蛋啊。

所以他真的要走了。

向蔷压下身体里翻涌的情绪,努力让自己冷静下来。

她拼命回想,自己还有什么没做?

在那道铁门缓缓拉上时,她终于想起,他们还没有说再见。

但是她的嘴巴刚张开,眼前一黑,整个世界随之坍塌。

她的意识逐渐涣散,犹如落在水面上的墨点,她感觉自己的灵魂一点点被抽离。

听觉消失前她看到周围拥上很多人,焦急地叫着她的名字。

其中似乎夹杂着季临泽的声音。

她使劲去听,希望从中剥离出他的声音,但是每次快成功时一切都会回归原样。

她只是想问问他,凭什么这么对她?

她还没做好准备。

他凭什么这么对她?

第五章

关于他的回忆

向蔷睡了很久很久。

那一天下了雨，雷声似乎要震碎世间万物，她艰难地睁开眼，喉咙里哽着什么让她说不出话。

她像是休眠了一般，记忆又和这个世界脱轨了。她像几岁的孩子那样，艰难地识别房间里的物品。

顶灯是简洁的圆形吸顶灯，墙壁是她喜欢的淡紫色，窗帘是米色带纱的，床……床是她和季临泽都看中的白色法式大床。

她看到这些，大脑才给出总结——自己在新家里。

她太久没回来了，对这里有点陌生。

抑或，她从来没把这里当成过家。

她喜欢那个家，春天有新鲜的空气，冬天有薄薄的冰面，季临泽会站在她身后看她放肆地对待这个世界。

季临泽。

"噢……他不在了。"

"怎么会不在了呢?"

"噢……他生病了,他自己结束了这一切。"

记忆终于重新连接了起来。

"他……凭什么这么自以为是呢?"

想到这儿,向蔷决定去找一些答案给自己。

她跟跟跄跄地起身,随便从衣柜里拿了两件衣服套上。

听到卧室有动静,周慧和向奇快速赶来,连忙扶住虚弱的向蔷。

"蔷蔷,你要去哪儿?"周慧和向奇不约而同地问。

向蔷看他们这么紧张,安抚道:"爸妈,我没事,我想去趟乡下。"

"去乡下干什么?"

"我去找季临泽。"

"蔷蔷……"

"我有些地方没想明白。"

向蔷的态度很坚决,她简单收拾了下自己,准备出门。周慧跟上去,拉住她,心痛道:"你等等妈妈,妈妈陪你一起去。"

向蔷不理解她为什么这么难过,她摸了摸周慧的脸,轻声道:"妈,我没事。"

"妈知道……妈知道……但妈妈想陪你一起去。"

"那也行。"

等周慧换鞋时，向蔷听到隔壁那家人在走廊里喋喋不休。她问周慧："妈，他们在吵什么？"

周慧说："还能是什么，大概是我们刚刚回来带了点雨水，不小心抖在他们家门口了。"

"啊，这样啊。他们之前也这样吗？"

"嗯，一直这样。"

"好奇怪的人，和季临泽一样奇怪。"向蔷淡淡地说。

周慧手抖了一下，缓缓看向向蔷。她看着女儿，试图从女儿脸上找到一丝悲伤的痕迹，但没有。

女儿如今二十七岁，一个脱离了少女刚刚成熟的年龄。

她有着这个年龄的优秀自主能力，有着这个年龄的独特韵味，有着一张人人看了都说大方美丽的脸蛋，却唯独没有这个年纪该有的鲜活神情。

她不悲伤，也不高兴。

她在平静地找寻一些东西。

在今天之前，她已经在医院躺了一个星期，昨天她迷迷糊糊地喊季临泽的名字，随后醒了，医生做完检查后说可以回家了。

但是她很快又沉沉睡了过去，显然，她现在也不记得她去过医院了。

周慧怀疑，她甚至都不记得季临泽已经走了。

周慧和向奇对视了一眼。

向奇清了下嗓子，强行挤出一个微笑，对向蔷说："那蔷蔷和妈妈早去早回吧，爸爸在家给你们做晚饭，还给蔷蔷准备最爱的巧克力牛奶怎么样？"

向蔷还是那副样子，说："好啊。"

很快，两个人出了门。

周慧显得十分小心翼翼。

向奇站在落地窗前，看着楼下的她们缓慢走在潮湿的路面上，直到看不见她们，他才缓缓回过神来。

他坐到沙发上，拿了根烟抽。

他有十几年不抽烟了。这次因为季临泽的事，他才又复吸起来。年轻的时候抽得凶，后来周慧有了孩子，他说戒也就戒了。

初为人父母，他们都不知所措，又无比期盼孩子的到来。

他起初想要个男孩，倒也不是因为重男轻女，而是想和孩子耍宝，想着如果是女孩哪能这么欺负呢。

结果向蔷的性子一点也不像普通女孩，时常把他整得"五体投地"。

想到这儿，向奇鬼使神差地从卧室里拿出一本厚重且老旧的相册。

里面有他和周慧谈恋爱时拍的照片，也有向蔷小时候的照片。

每一张照片上，向蔷都是笑着的。

可已经多少年了，他再也没有见过向蔷这么开心地笑了。

抽完一根烟,向奇沉沉地合上相册,长舒一口气,起身去厨房做饭。

他边洗菜边哼着小时候唱给向蔷听的儿歌。

那头,周慧在小区门口拦了辆出租车。

今天很巧,一路都是绿灯。

不久后,出租车停在乡下的小路口,再往里便不好进了。

周慧付了钱,牵着向蔷往里走。

这里也下过雨,路面很湿,干净的水面映出她们的身影。

这条路,他们走过无数遍,向蔷想。

前面是几棵沿路栽着的银杏树,秋天落叶纷飞盘旋,美丽如童话,再往前是邻居栽种的一小片竹林,他们以前会在竹竿上面刻字,然后是他的家,她的家。

她这样想着,果然,她路过了银杏树和竹林,看到了季临泽的家。

院子里还是那番景象,只不过空气中带着酒肉味,还有那股熟悉的香烛味道。

香烛。

向蔷顿了顿。她想起来了,是那天林如梅身上的香烛味。

这种以往二十多年从未出现在这个院子里的味道让向蔷望而却步。

周慧看着面色苍白的女儿，心头生疼，她轻声地问："怎么了？是哪儿不舒服吗？"

向蔷摇摇头："阿姨他们在家吗？"

"在的，我给她发过信息了，说我们要来。"

向蔷觉得更陌生了。

什么时候她去他家要提前打招呼呢？

走进院子，角落里堆着葬礼后留下的一些东西，细缝里还卡着灰烬碎片。

林如梅呆呆地坐在餐桌边，一动不动地盯着挂在墙上的照片。向蔷顺着林如梅的视线看去，忽然想起，这张照片是他的大学入学证件照。

她当时觉得照得很帅，要了电子版向室友们炫耀来着。

说到照片，向蔷又想起来了，上次说给他拍照片，结果还是没拍成。

周慧也看了眼照片，随即环顾了下四周，重重地叹口气，喊："如梅。"

林如梅短短几天苍老了很多，她脸上泪痕未干，想笑但忍不住流起了眼泪。

她说："你们来了啊。"

周慧说："怀明呢？"

"去处理事情了，要销户这些。"

向蔷还在看那张照片。

林如梅说完，缓慢起身，走到向蔷面前，给她整理了一下外套衣领，说："乖蔷蔷，这些年辛苦了，得好好吃饭，就这几天的工夫，你也跟着瘦了。"

向蔷很突然地笑了一下，惨白的嘴唇扬起的弧度并不好看。

她像院子里的香烛气味，像飞扬的灰烬碎片，过不了多久就会消失一样。

她说："我没事，我进去看看……看看他。"

林如梅眉头微微蹙起，还没反应过来，向蔷已经自顾自地走向了季临泽的房间。如从前一般。

她悄咪咪地过来，无所顾忌地推开他的房门吓他一跳，或者似蝴蝶一般飞过来，就差冲进他怀里。

只要她来，他一定会在那儿。

他的生活很无趣，周末同学约他去打篮球他不去，林如梅带他去走亲戚他也不去，他仿佛知道她会准时准点来找他，他在等她。

但这次，她推开门，迎来的只有飘在空气中的尘埃的气味。

天阴沉沉的，快到梅雨季节了，角落里散发出一股发霉的味道。

书桌彻底空了，连玻璃板下面的纪念剪纸照片都没了，床四边用来支撑蚊帐的竿子没了，只有冷冰冰的木板垫，他书柜里的模型、书本也都没了。

向蔷舔了下唇，抬手摸了下颈侧，喃喃道："我记得不是这样的。"

她拉开抽屉,里面所有物品都被清空了,连细小的东西都不放过。

她又走到书柜前,打开玻璃门,手一点点抚摸过架子,上面连灰尘都没有。

那他的衣服呢?打开衣柜门,她看到里面空空如也。

林如梅站在门口,轻声解释道:"都烧了。"

向蔷迟缓地思考了一下,问道:"什么都没有留下吗?"

林如梅的沉默就是回答。

向蔷兀自摇头:"真的什么都没留下吗?他对我、对你们,就没有什么话要说了吗?"

难道那天,他们就这样把话说尽了吗?

向蔷找手机,摸遍全身也没找到。

周慧说:"蔷蔷,你要找什么?"

"手机,我的手机呢?"

"在这儿,在妈妈这里。"周慧从包里拿出手机给她。

手机很久没充电了,只有5%的电量。

向蔷打开微信,想看看他那天之后有没有给她发消息,但她给他的置顶消失了,翻遍列表也没找到他的微信号。

她的眉头越皱越深,指尖随着过快的心跳一起颤抖。

她安抚自己,一定是最近没休息好,看漏了。

但她实在找不到,她说:"妈,你帮我找找他,我可能……我可能现在不够冷静,所以找不到他。"

周慧泪流满面,说:"好,妈妈帮你找。"

在周慧翻找时,向蔷想起了那个晚上。

林如梅和姜怀明从医院拿完药回来,她去帮忙洗菜,季临泽突然叫住她,说想看看她手机里的照片。

她无聊时拍了很多这个院子的景色。

深夜她离开时,季临泽才把手机还给她。

精疲力竭的她回去后倒头就睡了,接着就是第二天的噩梦。

想到这儿,向蔷抢过手机,退出微信,打开相册。

两千多张照片,只剩下一百多张,是一些无关痛痒的截图和她个人的资料图片等。

里面所有关于这里的一切都没有了。

再打开其他他们之前用过的社交账号,也都没有了。

什么都没有了。

向蔷长长吸了口气,哑口无言。好半晌,她笑起来,止不住地笑。

他真的走了。

他算好了一切。

手机弹出电量不足的提醒,让人心烦意乱。

向蔷的笑在这一刻消失了,酸涩凝聚成巨大的痛苦在她的胸腔里翻江倒海,她手指死死握着手机,指尖被压得没有一丝血色。

她的大脑不断地告诉她：他死了，他真的死了，你以后再也见不到他了。

你感受不到他的体温，听不见他的声音，就算跑遍世界上每一个角落，都寻不到他一丝踪迹。

向蔷浑身战栗着，空洞感吞噬了她。

她咬着牙，说服自己要冷静，但眼里的泪水越积越多，她的身体像要被撕碎了一样，哪儿都是疼的。

她闭上眼，用尽全力把手机砸到一边，屏着气，开始再次翻他的书桌和柜子。

"怎么会一点东西都没有留下呢？

"怎么会呢？"

林如梅和周慧拦不住她。

空气中的尘埃随着她们的哭泣和拉扯飘荡。

滴答！

滴答滴答！

外面又开始下雨了。

短短一瞬，铺天盖地的雨犹如一张巨大的网罩下来。

林如梅说："蔷蔷，是临泽说的，是临泽这样要求的。"

她哭了很久，嗓子已经哭哑了，却在努力提高音量试图用这句话平复向蔷的心情。

向蔷果然安静了下来。

她终于找到了。

她转身看向林如梅,通红的眼睛里带着期盼。

她把声音放低:"他说什么了?阿姨,他说什么了?"

林如梅的目光扫过这间屋子,心如死灰地说道:"他说,让我们把他的东西都烧了、扔了,一丝一毫都不能留。"

"还有呢?"

林如梅张了张嘴,欲言又止。

向蔷:"还有呢?"

林如梅说没有了。

向蔷悬在嗓子眼的心一点点沉了下去。

"他是怕我忘不了他吗?所以一句话都不留给我?"

向蔷的肩膀耷拉了下来,说:"我知道了,那就这样吧。我要走了,我不会再来了。"

她没有丝毫犹豫,快步走出了屋子。

重新路过那棵玉兰树、竹林、银杏树,慢慢闻不到烛火的味道。

周慧借了把伞追出去。

向蔷已经淋了个半湿,头发如海藻一样贴着脸颊,密集的雨水从她脸上滑落,汇聚在下巴处。

仿佛所有空气都被漫天的雨溶解了,她微微张开嘴巴,却呼吸不到一点新鲜空气。

突然,她停下了脚步,回头朝那条路看去。

烟雨蒙蒙中,她路过邻居家,李婶说:"蔷蔷,这是我刚买的粽子糖,你拿去和临泽分一下。"

她接过糖,甜甜地说谢谢,说以后他们结婚了会给李婶包很多喜糖。

不对,这是假的。

向蔷果断扭过头,喃喃道:"我要走了,我不会再来了。"

周慧的千言万语到嘴边只成了一句:"蔷蔷……"

向蔷一路上没有再说一个字,到了红枫苑,她顾不上擦干雨水,径直朝家里走去,脱去衣服,缩进了被窝里。

这里没有太多关于他的回忆。

这让她放松下来。

可也不对,细细回想,这里有。

他坐在床边给她揉肚子,他把她抵在门上亲,却又克制着,他帮她收拾去大学的行李。

她住在这里的每一天晚上都会在心里默默和他说晚安。

向蔷紧紧闭着双眼,缩成刺猬,神经再一次紧绷起来。

周慧追着跑回来,身上也淋湿了。

她收了伞,犹豫着走到向蔷的房间门口,手刚覆上门把手,就听到房里传出低低的抽泣声。

渐渐地,哭声越来越大,像受了伤的动物,呜咽哀鸣。

再然后，哭声里带了恨意，宛如利剑割破喉管，鲜血喷涌而出，血腥味弥漫开来。

她松开门把手，在原地站着。

厨房里的向奇听到动静后走了出来，也静静站着。

外面的雨越来越大，毫不留情地拍打着窗户玻璃，声音震耳欲聋。

半晌，周慧也跟着哭了起来，她怕女儿听到自己的哭声，捂着嘴转头跑进了自己房间里。

向奇解了围裙，跟着进了房间。

他的手刚揽上周慧的肩膀，她就扑进他怀里，放声哭了起来。

她不停地问向奇："老天爷为什么要这样？为什么？"

向奇也不知道这个问题的答案，他紧紧抱着周慧。

周慧又问："蔷蔷会好起来吗？怎么样才能让她好起来？"

向奇沉默了会儿回答道："陪着她，只要我们陪着她，她一定会好起来的。"

"我以前总是担心这担心那，却从来没想过有一天要担心自己的女儿能不能开心起来。"

那是多少天后，周慧也记不清了。

瘦了一大圈的向蔷摇摇晃晃走出了房间，像个木头人一样拿起遥控器打开电视看，她的泪腺仿佛不受控制了一样，看什么都会流眼泪。

隔壁又来吵闹，说谁半夜看电视。

骂骂咧咧的声音叫人头疼。

向蔷关了电视后，埋进周慧的怀里哀求道："妈妈，我错了，让他们别这样。"

周慧这辈子第一次听女儿说"我错了"，她明明是那么要强的性格。

周慧抱着她，说："蔷蔷，明天我们去看医生。"

第二天向奇开车带着她们去医院，拿到挂号单子后，他们仿佛抓住了一线希望。

排队的时候，向奇心事重重，手里捏着这张挂号单子沉默不语。

而周慧搂着向蔷坐在走廊的长椅上。

周慧看到这世界上的苦难从不局限于某个人身上，来这里看病的人从几岁孩童到六旬老人都有。

他们进医生办公室，出医生办公室，都是一个表情，不会像普通病人那样，得到救命良方就会大松一口气。

这是一场漫长的战役。但不管怎样，她都要奋力一试。

等了一个多小时，终于轮到他们了。

向蔷按部就班地接受询问，填写测试表格，做全面检查。

看过医生的向蔷流泪次数少了，她会跟着周慧一起做点小事，比如出门倒垃圾、到菜场买菜等。

但她经常板着一张脸，说话也不留情。

即使是对周慧也如此。

做了什么她不想吃的,她会把碗摔在桌上,冷言冷语质问道:"为什么要做这个?"

午夜时分,她会忏悔白天做的一切,一遍遍地说"妈妈对不起"。

周慧就像小时候抱她一样抱着她,一遍遍地说:"妈妈没关系的,妈妈没关系的。"

红枫苑的邻居不知道这件事,妇女们最喜欢做好事说媒,有人瞄准了面容姣好的向蔷,虽说姑娘性子冷漠了点,但是父母人好。

那天,有个妇人和男方家父母谈好了就上门来说亲。

周慧不知道对方的来意,但来者是客,不好赶人,就请她进来喝杯茶。

向蔷在看电视,看得很专注。

那妇人客套一阵后,说起了来这儿的目的。

周慧听得很尴尬,想着怎么解释时,那妇人朝向蔷问道:"孩子,阿姨给你看看照片吧?长得可俊了,你们要是结婚了生的娃娃肯定好看。"

不知道哪个词戳中了向蔷敏感的点,她捞起身边的花瓶朝那妇人脚边砸了过去,让她滚。

那妇人被她的行为吓到,嘀嘀咕咕走了。

但花瓶破裂的声音还回荡在这个房子里。

周慧绝望地流下眼泪,一把搂住向蔷,说:"蔷蔷,你别这样,爸爸妈妈在,你别这样。"

向蔷也哭,但眼泪仿佛流过千万遍,她早就麻木了。

直到周慧捧着她的脸说:"蔷蔷,你不能再这样了,听妈妈的话,找点事情做,转移一下注意力。"

就是从听到这句话开始,向蔷感觉自己像一只翅膀沾了水的飞鹰,一点点软了下来。

对,她需要再做点什么。

可为什么做什么都这么痛苦。

怎样才能不痛苦呢?她好想他啊。

怎样才能不痛苦呢?她想去找他。

像以前一样,去找他。

二〇一八年春天,向蔷注册了一个微信号,她给它换上季临泽微信号的头像和名字,用自己的号加了他。

他死了,他们分手了。

她有时候实在恨极了。

她想,只要我愿意,你也可以什么都不是。

她把他的备注改成"前男友",这个备注让她通体舒畅。

在一个深夜,她给他发了一条信息:等我给爸爸妈妈存够五百万,我就来找你。

做完这个决定，向蔷收拾行李打算离开这个城市。

在车站与向奇和周慧分别时，她露出了久违的笑容。

这一年向蔷二十八岁，早已褪去过往的稚嫩，就连笑容也多了几分大人的虚假做派。

周慧却知道，这是向蔷一次自救的开始，也可能是最后的一次自救。

她帮向蔷整理外套衣领，一遍遍抚摸女儿的脸，叮嘱道："自从高中发现你能独立生活得很好后,后来你去哪儿我们都没担心过，这次也一样，爸妈相信你能照顾好自己的，对不对？等在外面安定好后要经常给我们打打电话。"

向蔷握住周慧的手，脸挨着妈妈的掌心蹭。

她说："我会好好努力生活的。"

向奇张开双手："来吧，和爸爸抱一下，爸爸祝你在外面每天都有新风景看。哪天累了，就回家，爸爸等你讲外头的故事给我听。"

向蔷放下包，和向奇紧紧拥抱了一下。

松开后，向奇抿着唇，呵呵一笑，伸出手："击掌为誓，'黑米饭'！"

向蔷笑着伸出手，像从前那样纠正他："是 Give me five 啦。"

向奇哈哈大笑，然后从外套内口袋里掏出一盒巧克力牛奶。

向蔷笑不出来了。向奇说："来，拿着，就一盒，多的没有了，买多了你妈要说的。"

向蔷颤颤巍巍地接过牛奶,看了他们一眼后,拎起行李,义无反顾地走了。

向蔷在另一个城市租了房子,找了工作,开始规划自己的生活。

这是一个和家乡完全不一样的城市,这里的春天没有那种湿润感,这里人流量巨大。

大学毕业后,她从未真正接触过社会,过去五年一直做的是一些零散工作,所以起初几个月异常艰辛。

但这一切却能让她偶尔在深夜里喘口气。

借着网络时代的红利,后来她的事业发展得一帆风顺。

时间也逐渐抹平了一些伤痛。

就像从前,他们从不能接受季临泽生病到后面接受他一切的并发症。

她不恨他了。

也没有再为他流过一次眼泪。

她结交了一些新朋友,跟着他们夜夜笙歌,买醉放纵。

不可否认,有了酒精的加持,一些夜晚会好过一些。

但离开那些纸醉金迷,迎着风望着灯红酒绿的街道时,她仍会有些恍惚。

她会想起他。

他不喜欢她喝酒抽烟。

他说他尝过那个滋味,除了带来不适,没有别的。

她当时揶揄他,问他:"高三毕业那次聚会,是不是你第一次喝酒?换而言之,你第一次喝醉是为了我喽?"

他说:"要是为了别人,你不得吃醋死。"

她叫嚣着说这不公平,她有机会也一定要喝醉一次。

他笑着说她没事找事。

后来有次大学同学聚餐,大伙儿起哄拼酒,只有她一滴都没有喝,别人问起缘由,她笑着说,因为男朋友管得严。

接着她装作喝了很多酒,给他发短信,让他去接她。

他风风火火地来了,她学着电视剧里演员醉酒的模样,站在台阶上直愣愣地往他怀里扑。

同学们躲在边上看热闹。

他早就看穿了她的把戏,贴着她的耳朵说:"遇到什么伤心事了,喝这么多?"

她笑:"我一想到已经有十一天零四十分钟没有见到我男朋友就伤心,他的心里只有小飞机没有我。"

他说:"你男朋友这么坏,不如跟我吧,我保证对你好。"

"季临泽,你好会演哦。"她装不下去了,抱着他笑得不能自已。

一旁的同学起哄,又是像狒狒一样的声音。

那天城市的夜空星光璀璨,照亮了每个人的脸庞。

回想起来时每个人的笑容和眼神都十分清晰,可为什么,这竟然已是十年前的事情了。

意识到时间的流逝后,那天回去后向蔷仔仔细细洗了个澡,认真地护肤保养。

她对着镜子反复地照,在确定自己看上去和"酗酒"这个词毫无关系后才心安了。

她不恨他了,也没有再为他流过一次眼泪。

但她会经常想起他。

她很想他。

所以不能做一些他不喜欢的事情。

这样等见面了就可以少听他的唠叨。

也是那一天,她把酒戒了。

随后她把工作室托付给朋友打理,开始旅行取景。

她在国外晃了半年,从土耳其到格鲁吉亚,从俄罗斯到埃及,从梵蒂冈到摩纳哥……

在热气球上拍下奇幻的喀斯特地貌,在圣三一教堂里祈祷,在莫斯科河畔散步,值得一提的是,她还第一次看到了航天飞机,一架曾经飞越过太空现在已退役的航天飞机。

辗转往复,那次旅行的最后一站是冰岛。

它有个尽人皆知的特色,传说看见极光的人会得到幸福。

她报了个旅行团,在雷克雅未克的港口登船去找欣赏极光的最佳地点，虽然冻了个半死，但最后终于看到了绚烂的极光。

跟团的人中有情侣，他们站在甲板上拥抱亲吻，满眼的光仿佛在说，我们会幸福的。

她呢？

向蔷记得很清楚，她笑不出来，也不觉得这极光有多震撼。

她觉得这更像是一种指引。

天沉得仿佛触手可及，似喷气式飞机留下的长长的尾巴一样纤长的极光带着荧光绿，星星点点落在这片土地上，扫去属于白天的喧嚣热闹，区别于夜晚的漆黑宁静。

那道光是一种指引。

后来又一年，向蔷游走在靠中国边境的一些城市，她结识了一些人，有的是驴友，有的是和她一样来采风的，有的是厌倦了原来的生活来到这里恣意生活的人。

他们和向蔷接触的绝大部分人都不一样。

他们的故事比她的更热烈、更厚重，但他们对生命是积极的。

她偶尔会被这种力量感染，但也只是偶尔。

这些人中有个叫周匀的，是一名记者，和她最聊得来。

有一天晚上，她突然梦到了季临泽。

她已经很久不会梦到他了，这次的梦境真实得让她以为在现实世界中。

梦里是高中的时候，那天周五放学，她要回新家，他要坐班车回乡下。

但出了校门后他叫住了她，说一起走。

秋天傍晚的斜阳绵长温柔，街上车水马龙，周五的放松气息为这秋色更添一笔美好。

她问他怎么要一起走，他要去哪里。

他双手插在裤兜里，单肩背着书包，笑得吊儿郎当的，漫不经心地说："就想送你一程。"

她看到他的侧脸，棱角分明，眉眼清俊帅气。

她说："怎么突然这么主动？怕我变心，怕别人把我抢走？"

他突然停下脚步，认真地看着她，眼睛忽闪忽闪，随后又笑起来。

他说："我允许你变心，去啊，蔷蔷，去认识他。"

她却笑不出来了，这不是她想要的答案。

他应该说——有什么好怕的，我知道你吃定我了。

应该是这样的回答才对。

她看着眼前陌生的季临泽感到一阵心慌，突然从梦中惊醒。

她偶尔迷信，相信世界上有灵魂一说。

她偶尔幻想，他会不会就在身边陪着她。

只有这次，她醒来后把脸浸泡在冷水里，坚信人的梦没有任何道理可言，也不存在托梦一说。

都是无稽之谈罢了。

彻底清醒后,向蔷约周匀一起去下个景点。

他们站在腾冲银杏村的银杏树下,看落叶纷飞,满地金黄。

周匀说了很多。

他说他来旅游采风,找找灵感。

他认识她,甚至很早之前就关注了她的微博。

他说她很少发微博,但每次分享的照片都让人为之震撼。

他说通过照片能感受到她是怎样的人。

向蔷安静聆听,听到他说知道她是怎样的人时表情才有了一丝变化。

她是怎样的人?她陷入了沉思。

她怎么……都快不知道自己是怎样的人了。

这个话题再次将她拉回到从前的记忆中。

她想起以前的自己。

在那个湿润的、百花盛开的春天,肆无忌惮地穿梭在风中的自己。

往前走是理想和季临泽,回头看是年轻温柔的父母。

向蔷苦笑了一下,目光聚焦在眼前的银杏树上。

但是她再次想起家乡的银杏树、家乡的那些人。

这种频繁的走神让她的眼神看起来平静且无光。

周匀早就感受到了向蔷的游离,他敛声屏气,朝向蔷投去温和的目光。

周匀的注视很难被忽视,向蔷垂下眼睛又抬起,轻轻问道:"我是怎样的人?"

周匀说:"你和你拍的照片的感觉很相似,冷冷的,又十分有个性。"

向蔷伸手接了一片银杏叶,回答说:"我不是这样的人,你猜错了。"

周匀觉得她在冷幽默。

他觉得向蔷就是这样一个总是一本正经,偶尔说的话却十分幽默的人。

周匀笑着说:"那你是怎样的人?"

这一刻,向蔷忽然意识到,不会有人再像季临泽了。

她不需要认识新的人,也不需要别人了解她。

于是向蔷平静地说:"我很喜欢笑的,我以前总是对着我男朋友笑,我也没什么个性,他总说我笨,但其实我从小到大成绩不比他差,我最大的个性大概就是和他作对气他了。"

周匀顿了一下。

他和向蔷认识有一周了,他们聊了很多,唯独没有聊感情。

他试探过,但是向蔷闭口不谈。

他以为她是单身。

他思忖了会儿,心中不算难过,因为有时候缘分就是差一点。

他又笑起来，问向蔷："看不太出来，那你们打算什么时候结婚？"

向蔷捏着那片叶子的细柄，揉搓着旋转。

她沉默了很久，最后如实相告："他不在了。"

秋风扫过来，高耸的银杏树的树叶簌簌抖动，她的声音比秋天还凉。

她说："我们家那边也有银杏树，以前不以为然，到了这里才发现，其实家里的风景比这儿更好。"

周匀说："那他一定很好。"

向蔷看向他，目光扫过他的眉眼，她说"是的"。

周匀见过太多人、太多事，他的第六感一向很准。

他猜测道："我和他……是不是有什么地方很相似？"

要知道，这儿这么多人，大家相互聊天喝酒，忘我地交朋友，向蔷却始终像个旁观者一样注视着他们。

她只和他一个人说了话。

她只对他一个人主动了一下。

向蔷仍注视着他。

她的不语就是答案。

周匀明白了，他看着向蔷笑，很是温柔。

后来他们要去下一站，一个往北，一个往南。

周匀背着旅行背包，爽快地朝向蔷张开双臂拥抱她。

他拍了拍向蔷的背，说："人生在世，擦肩而过的缘分太多，但人生嘛，往前看，不回头。向蔷，祝你一切都好。再见。"

向蔷笑着说："你也是，再见。"

她目送周匀进站，车站的穿堂风吹起向蔷的长发。

她缓慢地环顾这里。

是个车站，很普通的车站。

但她又无端地想起他，他们也曾一起踏上过去异地的火车。

在火车上，向蔷望着窗外的风景，拿出手机删了周匀的联系方式。

她给季临泽发了条信息：你看，分别是要说再见的。

发完信息，她开始翻之前发给他的那些信息。

她说一个人坐热气球的滋味不怎么样，如果你在就好了。

她说教堂没有专门的祷告，但我还是为你祈祷了。

她说我不太懂飞机，不过你肯定知道，莫斯科的这架飞机很了不起对吗？

看到这里，她又给他发了一条信息：我试过了，我做不到，我只想和你一起看银杏树。

他不会回复她的。

那头静静的，宛如那个早晨。

但她还是盯着屏幕等了会儿，随后她关了手机准备睡一会儿。

火车上各种声音都有，一会儿是孩子的哭闹声，一会儿是大叔的咳嗽声，一会儿是列车服务员推着餐车的叫卖声。

她记得她和季临泽第一次坐火车去北城上大学，她被这种声音吵得耳朵疼，几度想对着那些人破口大骂。

他大概是感受到了她的怒气，搂住她，把她的脑袋往他怀里按，轻拍着她，说："要不我给你讲个故事好了。"

她说："你有病。"

"我这不是怕你爆炸吗？你看你，都鼓成气球了。"

"行，那你说说《少妇和她的十个男人》吧。"

"……"

他使坏，捏了把她的腰，低声说："晚上到了宾馆说给你听。"她就这么被逗笑了。

她说，以后再也不坐火车了，真吵。

他说，那以后再也不坐了。

他一定没想到到今天为止，她只能在人声嘈杂的火车上才能睡得好。

迷迷糊糊睡着前，她想，要记住这件事，等见面了要和他说。

二〇二〇年，零点钟声一过，向蔷迎来她的三十岁。

朋友给她办了生日派对，蛋糕足足有十二层，香槟从高处顺着酒杯倒满，他们的热情让这个黑夜不再寂静。

但她在觥筹交错的绚烂光影里看到了自己的身影，只有她一个人的身影。

她平静得仿佛这一天与她无关。

这杯酒，这口蛋糕，入口是同一种味道。

她又想起他。

她从小的生活算不上锦衣玉食，但也是衣食无忧的。那会儿，其他小孩想吃个生日蛋糕都得哭闹一番，他们住的那一片只有她，每年过生日都会有大蛋糕，父母还会给她唱《生日歌》。

后来，多了一个人为她庆生。

是季临泽。

他年少时做过的恶劣事真不少。

他会假装忘记她的生日，他会故意要抢先一步吹灭她的生日蜡烛，他会嘴贱地说你又老了一岁。

再后来，他的性子不知道从什么时候开始收敛起来，他不再玩那些小把戏，认真地给她过每一次生日。

他送过她很多东西，口红、水晶球、手链、围巾……

但那些东西她珍惜了一段时间后就不在意了，想再回头去找，能去哪里找呢？

他生病之后她不喜欢过生日了，也没有过过。

他们都害怕时间的流逝，更不知道如何堆起笑脸庆祝每一个节日。

平凡安宁的一天大概就是上天给他们最大的恩赐了。

以前朋友们就问起过,问她什么时候过生日、要怎么过,当时她敷衍了过去。

她也不知道今年怎么回事,她为什么想过一次生日。

是为了看看自己会不会开心吗?

如果是这样的话,她知道她失败了。

后来又一年,朋友要给向蔷过生日,被她拒绝了。

这些烦琐又算不上有意义的事情她不想做了。

时间过得很快,就像那个早晨一样。

二〇二二年春天,这是季临泽去世的第五年。

向蔷浑然不觉,直到年初一个合作谈成,对方说三个月之后打款。

她打开银行账号查看余额,突然松了一口气。

她终于不用再这样辗转奔波,不用再噩梦连连。

一切能有尽头的感觉真好。

这么多年,她第一次看天空觉得明媚,第一次尝到食物的鲜味……第一次敢在深夜轻轻念出他的名字。

高楼巍峨,底下车水马龙,霓虹灯璀璨,向蔷站在窗前,推开窗,闭上眼,任由春风亲吻自己的脸颊。

她颤抖着嘴唇,说:"季临泽,我好想你。"

四月，向蔷回了家。

这儿的春天还是那个味道，连绵的细雨带来无尽的湿润。

她站在车站外面，没撑伞，受着春雨的洗礼。

周围人来人往，不同颜色的伞汇成这个春天的颜色。

她知道，这场雨过后就要迎来真正意义上的春天了。

到时候满是明媚的阳光，小草会竭尽全力从土里生长出来，花朵徐徐绽开，炊烟升起，有人吆喝有人等未来。

许多故事的种子就在这里发芽。

她没有打车，而是选择了乘坐公交车。

她认真地看着窗外的景色，生怕错过一丝一毫。

这条路他们曾经走过，那条街他们曾经驻留过，这家店还开着，那片湖已荒凉。

她回忆着从前的点点滴滴时，突然想起周匀的那句——往前看，不回头。

她突然意识到，这几年她去了那么多城市，她一直在努力地往前走。

但在许多个想起从前的瞬间，她其实从来没有走出过这里。

从来没有。

从来没有忘记过。

没关系，她深深明白，是她一直在回头，是她不敢也不舍得忘记。

公交车驶过林荫大道，光影变化，向蔷轻轻笑着。

事到如今，她终于可以直视自己的内心。

叮！短信提示音响起。

是银行卡到账的短信，她收到了那个项目的款项。

她笑得更开心了。

一切都刚刚好。

她想也许这是一种暗示。

甚至连下雨她都觉得是如此赏心悦目。

她迫不及待地和季临泽分享了这个消息。

他不会回复。

她知道。

不过没关系，她想，等见到他，她一定要像以前一样，飞奔过去撞进他怀里。

这些年，她想说的话，心中的疑惑痛苦，她都要当面质问他。

她要紧紧抱住他。

之后，嗯……她一定要对他凶一点。

总之，他们一定会和从前一样，吵几句，又很快靠在一起。

她的情绪逐渐高昂起来，但公交车到站，她见到周慧的那一瞬，心再一次平静了下来，一瞬间回到了五年前的时候。

家里的东西坏了很多，却没人和她说。

他们仿佛跟不上这个时代。

他们的每一个眼神、每一句话都在顺着她走。

隔壁那家的女人又开始吵了。

她拎着菜刀过去，说了几句吓唬人的话。

但周慧在一味忍让退缩。

向蔷难以描述当时的心情。

她第一次产生了动摇的想法。

但她还是说了自己的决定。

她深深望着周慧的背影说："妈，我这次回来就是打算给你们换房子的。"

话音刚落，屋子里静了，只剩厨房里烧开水的沸腾声。

屋外的雨变大了，天沉得让人窒息。

周慧停下了脚步。

好一会儿，周慧才回过神来，双手不由自主地抖着。为了掩饰这种颤抖，周慧撩起围裙擦手，快步走进厨房里继续忙活。

在饭菜的烟火气里，周慧提高音量笑着说："你乱说什么呢，换什么房子，这里挺好的。你爸这几年身体不好，赚得不如以前多，但我们还是存了些钱，这个房子的贷款也还清了，接着就准备养老了。你以后也不和我们住的，别在这上面浪费钱。"

她说这些话时留给向蔷的还是背影。

向蔷站在客厅里望着妈妈，没有接话。

周慧今天穿的是藏青色长袖贴身薄毛衣，配着一条简单的黑色长裤。

周慧好像有很多条与这种相似的裤子。

向蔷记得，小学时有一回，老师让他们回去帮父母做家务然后写感受。

她回去思考了很久，看着哪儿都整洁如新的家不知道从何下手，直到看见阳台上晾着的衣服。

那是她第一次帮妈妈收衣服，笨手笨脚地叠好。

那时候，妈妈的裤子比她人还高。

所以她不喜欢叠裤子，还是漂亮的衣服叠起来比较开心。

漂亮。

是啊，她的妈妈从前是多么漂亮。

不知道从什么时候开始，她总是在心底默认周慧只有三十多岁，买衣服应该买颜色鲜艳、时髦的。

哪怕这几年周慧学会网上购物，问她这衣服好不好看时，她总觉得妈妈选的款式过于老气。

周慧说自己年纪大了，就适合这种。

她不以为然。

可今天一看——

妈妈好像真的老了，黑发间也掺了白发，眼角的鱼尾纹深得抹不平。

而且她很瘦，小时候只觉得这样的妈妈高大有安全感，现在再去看她，只觉得这样的妈妈是如此弱不禁风。

向蔷这几年没有和季临泽的父母联系过。

起初，她还知道他们的近况，那会儿，她病得严重，他们也会过来看看她，当她决定出去旅游摄影后，他们就再也没来过了。

再后来，他们换了联系方式，留下那套老房子后搬去了其他地方。

最开始的一年，姜怀明私下和他们说起过林如梅的日常，心疼得不行。

林如梅这一生，先后送走了两个重要的人。孩子更是一个母亲的命脉，林如梅日日哭、日日睡不着，人浑浑噩噩的，有时候都不清醒。

如果她走了，她的父母也会像小林阿姨那样吗？

向蔷没有再往下想，她回了自己房间。

她靠着门板，慢慢闭上了眼睛。

像曾经在深夜里忏悔，她默念着对不起。

周慧听到房门关上，眼泪再也控制不住了。

彼时大门那边正好传来动静，是向奇回来了。

向奇知道今天向蔷要回来，赶紧忙完就回来了。

一开门他就笑着说："蔷蔷？蔷蔷！爸爸回来了！爸爸给你

带了巧克力牛奶!"

周慧强压下心中酸楚,狠狠掐了自己一把,才勉强收住情绪。

她笑着回头指责向奇,说:"蔷蔷刚回来,累了,去休息了,你别喊了。"

向奇点点头:"那让我来看看你今天做了什么好吃的!我猜都是蔷蔷爱吃的,不过蔷蔷肯定最喜欢我买的牛奶!"

"是是是,女儿永远最喜欢你选的。"

周慧本以为能很好地控制自己的情绪,但这句话刚说完,她突然痛哭起来。

她拼命抹眼泪,竭力克制,但这种痛从她身上的每一寸皮肤里散发出来。

向奇扶住她,有些恍惚。

他好像看到了几年前的画面。

那时候周慧也是夜夜哭、日日哭。

但自从向蔷离家后,日子仿佛又变得和以前一样。

他们如常工作赚钱,如常和邻里聊天说些趣事,没事干的时候就玩玩手机,他们的眼泪好似流完了。

而向蔷在外,经常给他们发消息,说她去了哪儿、看了什么,也像个大人一样关心他们。

他们也不再失眠,静静等待她回来。

一切回到原点了吗?

向奇把周慧扶正，用大拇指拭去她的眼泪，说："别哭，蔷蔷回来了，有什么好哭的。你不是总念叨，回来了就好了吗？"

周慧点头，努力地说："我没事……我没事……我……"尾音里是压抑不住的哭声。

她失控了。

她根本控制不住。

向奇猜到了什么，抱住她，铿锵有力地说："别哭，别哭。"

周慧双手死死抓住他的双臂，欲言又止。

但最后，她忍不住了，艰难地问道："如果……如果蔷蔷……如果……"

她从来没和向奇提过这件事。

有一次，她看向蔷一直在手机上给谁发消息，犹豫再三，在女儿洗澡时检查了她的手机。

她看到了向蔷给季临泽发的消息。

前面是女儿道不尽的痛楚，最后一句话是女儿的决定。

她失眠了半个多月，不敢说、不敢问。

后来她试图用一些小把戏让向蔷感受到他们对她的依赖。

现在也是。

向蔷常年漂泊在外，他们夫妻很支持。只希望女儿游历山水后能从失去季临泽的痛苦中走出来，也许还会遇到一段新的感情。

向蔷不常回来，一年只回来一次。

慢慢地,他们发现了规律。

向蔷只在每年春天时回来,会回来小住两个月,等到春末,就又走了。

向蔷每年回来话不多,会陪他们看看电视、吃吃饭。

他们问什么,向蔷就答什么。

他们不曾提起过季临泽,向蔷也从未主动说起过。

甚至,这五年,向蔷从未去祭拜过季临泽。

季临泽去世的第一年,她暗示过向蔷,询问向蔷要不要回趟乡下。

向蔷神情漠然,说:"我不会再回去了。"

她以为女儿在试图拯救自己,直到看到女儿给季临泽发的信息。

是拯救,但是最后一次的拯救。

今年,向蔷很反常,话多了起来,甚至直接问她,如果自己不在了,他们是不是也能有自己的活法?

周慧来不及说出这件残酷的事情,但向奇仿佛猜到了。

他比周慧预想的要平静,只是眼眶渐渐红了。

他很用力地抱住周慧,说:"蔷蔷很痛苦,我尊重她。"

话音落下,周慧站都站不稳,几乎要跪到地上,哽咽不止。

晚上吃饭的时候,周慧异常沉默,只有向奇如常一般说话。

他咧着嘴角,问向蔷:"今年在外面开心吗?"

向蔷露出会心的微笑,说:"很开心。"

"开心就好,开心就好。"

向蔷凝视着向奇,突然说:"爸,你真是个了不起的人。"

向奇摆手:"哪儿的话。你仔细说说。"

向蔷说:"说不清楚,只是觉得你真了不起。爸,我做不成这么了不起的人,你会怪我吗?"

"你做什么爸爸妈妈都不会怪你的。你不需要成为了不起的人,你只需要是你自己就可以了。爸爸以前和你说过的,你不记得了吗?"

"什么?"

"爱的最高境界,是绝对的自由。"

向奇看着她,平静地说。

向蔷晃了晃,随后轻轻"啊"了声,她想起来了。

她问道:"所以,他也是那个意思吗?"

向奇说:"也许是的。"

向蔷笑起来,笑声越来越大,但在某个瞬间又突然沉默下来。

向蔷转了话锋,重复说了一遍家里需要更换维修的地方,她还说她已经看好了房子,明天带他们去看房付钱。

周慧不说话。

向奇点头说:"好好好,都听女儿的。"

这次向蔷在家停留的时间和以往一样,四月、五月,从细雨蒙蒙到春暖花开，阳光越来越好了。

她和他们去了公园野餐，边上是一个小家庭，全家都围绕着四岁的小男孩说笑，把最好的都给了那个孩子。

向奇不甘落后，从野餐盒里掏出偷偷藏着的巧克力牛奶，说："这玩意儿都快要停产了，时光不等人啊，还好我买到了。"

周慧在整理风筝，念叨道："又买又买，少让蔷蔷吃点糖，对牙齿不好。"

说着，她把整理好的风筝递给向蔷，笑着说："去放吧，试试看，放起来要等有风的时候。"

向蔷犹豫了下，随后握着风筝，在有风时努力奔跑起来。

风筝线筒哗哗转动，风筝越飞越高，但这景区的风筝质量不怎么样，没一会儿，线啪嗒一声断了。

三个人遥遥望着消失在空中的风筝。

向奇说："父母手中的线，越飞越高的子女，适当的时候就要松手，都是这样的。那句话怎么说来着，不求天长地久，只求曾经拥有。人嘛，都是只活几个瞬间，离别相聚都有时。"

向蔷笑笑说："爸爸还是一如既往像个大哲学家。"

向奇嘚瑟道："哪儿的话，只不过有一点点小才华在身上罢了。"

周慧说："你爸是越老脸皮越厚。"

除了野餐，向蔷还和他们逛了家具城，选定了新房的家具。

她认真比对，力求最好，但她没有选自己房间的家具。

她对向奇说："你爱喝茶，我特意让装修公司设计出一个空间做专门喝茶的地方。"

向奇想起从前的一个瞬间，只觉得这画面似曾相识。

后来，向蔷还和他们一起做了很多事情，看一场电影、散一次步、爬一次山、打一次牌等。

每一次，他们都是笑着的。

这两个月就是这么过来的。

一切到季临泽忌日那天。

从来没去祭拜过他的向蔷忽然说她想去看看他。

她说这话时，正和父母坐在沙发上看电视。

她挑了自己最喜欢的电视剧——《大明宫词》。

故事的开头总是一眼万年，令人怦然心动。

她最喜欢看的也是前面几集。

周慧笑着问她："那晚上想吃点什么呢？妈妈做好了等你回来。"

向蔷说："没事，不用等我。"

周慧说"好"。

向蔷回房间收拾东西，周慧和向奇站在房间门口看她。

她没有带多少东西，三分钟不到就收拾好了。

向蔷看了这房间一眼，看了周慧和向奇一眼，说："我走了。"

周慧摸了摸她的脸说:"嗯,路上小心,开心点。"

向奇说:"去吧,这么多年,是应该去看看他了,不留遗憾。"

向蔷笑了下:"嗯。"

她走到门口时,周慧忽然叫住她。

周慧说:"前段时间碰见如梅他们了,有个事儿你应该知道。临泽走前给他们留了信,信上交代他们把他的东西都烧了,也说起了你,他让他们换联系方式,不要再联系你,所以你才找不到他们。他们托我和你说,他们现在很好,让你不要担心。"

向蔷没什么反应,轻声说"我知道了"。

她说:"爸妈,再见。"

周慧闭了闭眼,低下头,佯装去整理走道上的假花,说:"去吧,早去早回。"

向蔷多看了眼他们,朝他们笑,然后毅然决然地离开了这里。

这天是个晴天,阳光和煦。

像极了他们曾经平凡而充满希望的某一天。

向蔷并不着急回去,她坐了班车回乡下。

一路慢悠悠的。

高中时大多数周末她都住在红枫苑,但有几个周五晚上她和他一起坐班车回了乡下。

夏天天黑得晚,沿路正好能看到夕阳西下的景象,在摇摇晃晃的班车里，他站在她身后把她圈在怀里。

冬天天黑得早，车厢里静悄悄的，有座位他们就坐在一起，不说话。

五年了，回忆那些场景时向蔷想，五年了，我并没有忘记。

所有的都没有忘记。

到站后，向蔷走了半小时才走到那条小路的入口。

隔得老远她就看见那边翠绿的银杏树在微风中抖动。

风把那个角落的味道融在一起，送到她跟前。

没有了多年前的复杂味道，这会儿仿佛回到了那个纯粹的春天，空气里只有花香和青草味儿。

那时候，他们以为只要自己伸手，就能留住这个春天。

她穿过这条小路，路过银杏树、竹林，最后回了自己家。

每隔几个月周慧就会来这里打扫，屋里干净如初。

她站在房间的书桌前朝他家看去。

向蔷看了一会儿，坐下后，从书桌的抽屉里找了一张 A4 纸。

窗外春风和煦，湛蓝的天空中飞鸟展翅。

她想了很久该怎么落笔。

写什么呢？

停顿许久，向蔷写下了第一句话：父亲母亲，迄今为止，我觉得我的人生既圆满又幸福。

....

父亲母亲，迄今为止，我觉得我的人生既圆满又幸福。

我拥有着大多数人羡慕的一切，和谐的家庭、比较优越的经济条件、从小到大名列前茅的成绩、还算不错的长相，还有一份纯粹的爱情。

我曾以为我能一直这样幸福下去，后来我也试着努力过了。

但发现世界上不是所有东西都能依靠努力得到好结果。

那一瞬间，我突然明白他了。

所以我不再恨他了。

我很想他。

我以为去一些和他无关的国家、城市，我会慢慢忘记他。

但是那些美好的瞬间，我很想他能在我身边，以至于再回想起那个城市时，我能想到的只有他不在身边的遗憾。

每一年都是如此。

每一次都是如此。

我难以描述这些年他生病后我的心路历程，仿佛自己在亲眼看着抓在手里的一切慢慢流逝，是我从未有过的失控感。

他一定也如同我一样吧。

甚至他比我痛苦一百倍。

他亲眼看着自己的病症越来越重，亲眼看着自己慢慢失去思想、认知，到最后连身边的人都无法感知。

我想一定是因为这样，所以在还没彻底失去自己之前，他选择了结束生命。

我也很清楚我的病症，我知道自己应该怎么做。

我给自己定了一个期限、一个目标，我时常想会不会如医生说的那样，自己能慢慢从这份情绪中抽离。但我发现离他越近自己越开心的时候，我知道我又失败了。

我知道失败的原因，归根结底，是我从来没有打算真的治好我自己。

我害怕我的生命真的进入另一个旅程。

一个没有他的旅程。

对不起，我做不成了不起的人。

…………

停笔放笔，向蔷拿过边上的笔筒压住这张纸。

做完这一切，她又抬眼看了季临泽家的院子。

风从遥远的地方吹来，吹动他房间里的猩红色窗帘，吹动玉兰树的阔叶，携着温暖的气息缓缓涌到她面前。

仿佛是从前的样子。

向蔷垂下眼想离开这儿时，忽然听到隔壁院子里有汽车的声音。

她转头望去。

院子里停着一辆银色面包车,姜怀明拉开车门后下来两个人:一个女人和一个小小少年。

向蔷愣了一下。

隔壁房间二十五寸的彩色电视机里传来这一年的新剧《大明宫词》的台词。

"我从未见过如此明亮的面孔,以及在他刚毅面颊上徐徐绽放的柔和笑容。我十四年的生命所孕育的全部朦胧的向往终于第一次拥有了一个清晰可见的形象。我目瞪口呆,仿佛面对的是整个幽深的男人世界。他就是薛绍,我的第一任丈夫。"

向蔷环顾四周。

那棵玉兰树变小了好多,那飞扬的猩红色窗帘颜色变得鲜艳无比,水泥路变成了石子路……

她低头看自己的双手,稚嫩瘦小。

是从前。

那季临泽……

季临泽!

向蔷猛地反应过来,拼命向楼下跑去,推开门。

满院的凤仙花幼苗娇嫩可爱,沿路的孔雀草含苞待放,放眼望去,金灿灿的油菜花填满了这个春天。

玉兰花的花骨朵在枝头颤抖,香味幽深。

过往种种如指针倒转般在脑海里闪现——

"你叫什么名字？"

"季临泽。"

"以后他去做飞行员，我做摄影师，我们要结婚，要永远在一起。"

"你说十年后我们在干什么？"

"你会对我脸红心跳吗？"

"篮球和女人不能让。"

"我们没有早恋，我们算着每一分每一秒，在等十八岁的到来，到那时没有人能阻止我们相爱。"

"所以，要不要和我在一起？"

她的眼眶红了，眼泪一行接一行地流下来。

她重新看向不远处的那个人。

她放慢了脚步，一步步地朝他走去。

泪水模糊了视线。

但她终于又见到了他。

他们看着她，都愣了愣，眼神中带着不解。

直到向蔷走到季临泽面前，用力撞进他的怀里，所有人像是明白了什么一样，微笑起来。

向蔷紧紧靠着他，感受着单薄春衣下身体的体温，感受着他久违的心跳。

她想把眼泪憋回去，却越流越多。

她哽咽着,断断续续地叫他的名字。

"季临泽……季临泽……"

少年拍拍她的背,没有推开她,只是那样笑着。

这样的温柔让向蔷更为恍惚,她生怕这是一场梦。

她把他抱得更紧,轻声道:"季临泽,我喜欢你,我们现在就在一起,不要再浪费一分一秒。"

她喃喃着:"我知道你不理解,没关系,我以后会慢慢解释给你听。

"季临泽,你一定会喜欢我的,你说过,你见到我第一眼就喜欢我了。

"这次不要八年了,我只想要现在。"

她以为他不会回答,但她听到他温柔地说:"好啊,蔷蔷,我们现在就在一起,我们要永远在一起。"

向蔷心跳停了一瞬,她闭上了眼睛,笑了起来。

飞鸟盘旋,风林涌动。

这一刻,春天黯然失色。

远处炊烟升起,人声起伏。

银幕上的故事仍在继续。

短暂的别离后,太平终于又见到了薛绍。

她忍不住感慨:"我终于见到了他!这一切曾经是那么艰难,而这一刻来得又是那么容易。我们俩当时都是一脸一身的冷水,而我的心却软软地融化在某种醉人的温暖里。我当时在想：这一刻意味着什么？是梦醒了，还是梦刚刚开始？你能理解吗？"

…………

电视里这段台词说完，天色正好暗下来，夕阳蔓延千里，余晖落在客厅里，平添了几分萧瑟。

周慧拍拍丈夫的腿，笑着说道："该去接蔷蔷回家了。"

向奇也笑，笑完垂下眼回答说："那我给蔷蔷带一盒她最喜欢的巧克力牛奶……"

玉兰花会如期盛开。

盛夏的风从不缺席。

故事就在这里结束。

- 正文完 -

番外

季临泽的独白

有一段时间我经常在想,生命结束的最后一秒自己想的会是什么?

是十分恐惧地向上天祈祷能不能再让自己多活一会儿,还是如书上写的那样,这一生所有美好的瞬间会悉数闪过?

那天我终于有了答案,是后者。

温柔的五月,野花芬芳,我听到风的声音,院子里那棵玉兰树簌簌作响。

天马上要亮了,一缕缕的白光渗了进来。

我听到手腕的血滴落在地上的声音,滴答滴答——宛如一场时光逆行的倒计时声音。

渐渐地,我的意识开始模糊。

又在某一刹那,一切变得明朗起来。

我回到了大一刚开学的时候,我和向蕾在各自的学校军训。

北城的夏天炎热且干燥，阳光晒在身上能让人脱层皮。

晚上上完晚自习回到宿舍已经快十点，室友们精神涣散了一天，这会儿开始有活力了，掏出笔记本电脑，叫嚣着上号打游戏。

我冲了个澡，婉拒了游戏邀约，走到阳台上给向蔷打了个电话。

飞虫和蚊子环绕，但也没觉得多扰人。

吸引我所有注意力的是电话那头向蔷甜甜的声音。

她说他们学校的韩式料理很好吃，说中心湖还有喷泉表演，说经常有人在草坪上弹吉他唱歌。

我静静听着，随着她笑，随着她惊讶，直到她试探性地问道："哎，季临泽，你们班美女多吗？"

我笑得更厉害，装腔作势地回答道："挺多的，你知道的，我们专业对外形是有一定要求的。"

她冷笑："那你觉得她们美不美？"

"我敢吗？"

"谅你也不敢。"

"那你呢，班里没帅哥？"

她又得意起来了："有啊，很多，都比你帅。"

我装作很吃醋地说："行，那你和那些比我帅的同学打电话去吧。"

"哈哈哈哈……"她笑得放肆，随后软了声说，"才开学一周不到，我就有点想你了，等军训结束我们找个时间见面好吗？"

"好啊,我来找你。"

我也很想她,很想很想。

挂了电话,我才发现,我把拍死的虫子和蚊子排成了一列。

就这样,我一个人在阳台上笑了很久。

我知道,我是真想她。

军训结束后,我坐地铁去找她。

沿路都是奥运会的各种消息,哪儿哪儿都是五环和福娃,气氛热烈。

向蔷的学校在偏郊区的地段,在地铁四号线的尽头,美食荒郊,可圈可点的大概就是风景不错。

她带着我坐校园公交车逛了一圈,又吃了食堂的特色饭。

和热恋期的情侣一样,最后我们坐在宿舍楼后面的秋千上闲聊,聊着聊着便亲在了一起。

她靠在我怀里,搂着我的脖子,回应得有模有样。

亲完了,她挑起我的下巴,那双浅色眼眸在阳光下水光潋滟,她说:"怎么样?有没有比之前进步,我可是苦练过的。"

我时常被她的话逗笑。

我问她:"和谁练?和你们班里那些帅小伙?"

"怎么还记着这个呢,你心眼真小。"

"是,我心眼小,那你去找个心眼大的吧。"

"那我走喽?"

她装作要起身走,我拉住了她,她重新跌回我的怀里。

我们都笑着,就这么又亲在了一块,像是怎么都亲不够一样,难舍难分。

日落时分,天凉快了,出来活动的人多了,有人也来荡秋千。

是位阿姨,带着四五岁的孙子,他们在边上那个秋千上荡啊荡。

有旁人在场,哪敢再亲一下。

向蔷看着我笑,我知道她是在笑我的无奈克制。

突然,她站起来,拉着我的手要跑。

她说:"走啊,换个地方。"

夕阳拉长了我们的影子,九月中旬的晚风有了一丝凉意,她穿着墨绿色的棉质长裙,裙摆飘起来,时不时回头看我,长发随之飞舞。

我突然想起高一刚开学时我和她的赌约。

真好,我们都实现了自己的梦想。

我的梦想是当飞行员以及长大以后和她在一起。

可等我回过神来,她的手从我手中滑脱,她依旧在往前奔跑,我喊她的名字,她回头说:"季临泽,你快点啊!季临泽,我们一起去那边,你看到了吗?是那儿!"

我想努力追上她,重新握住她的手,但她的身影消失在晃眼的夕阳下。

刺眼的光芒从远处蔓延过来,周遭的景色被吞噬,只留下无尽的白色。

我仿佛置身于一个白色的房间，无论怎么走，都只能被困在这里。

就在这时候，我又听到了向蔷的声音。

她朝我喊道："季临泽！"

我猛地回头，那些白色又尽数褪去，眼前出现了一扇门。

向蔷从里面打开了那道门，她说："季临泽，你怎么来得这么晚，我的礼物呢？"

她朝我伸出手，手指晃了晃。

"礼物？"我疑惑地问。

她生气了，细眉一挑："你别装了，我知道你一定会准备的。"

眼前的一切变得越来越具体，从那扇门开始——贴着各种小广告的墙壁，楼道的生锈铁栏杆，屋内飘出的饭菜香。

是那年向蔷的生日，她第一次在新家过生日，特意把我叫了过去。

我记得我给她准备了礼物的。

我往口袋里掏，果然掏出一个包装好的礼物盒。

向蔷哼哼唧唧笑起来，一把接过："我就说嘛，你才不会没有礼物给我。好啦，快进来，妈妈早就把饭做好了，就等你了。我也在等你吹蜡烛呢。"

我被她拉进屋里。

周慧和向奇在端菜，看见我，他们都笑着说："临泽来了啊，快坐。"

周慧说："还差个汤，盛起来就好了。"

我被向蔷按着坐下，她坐在我对面。

她今天穿了珍珠色的泡泡袖上衣，下身是红色的短裙，搭配在一起，像美丽的公主。

她当着我的面拆礼物，威胁道："我看看你今年送的是什么东西，如果我不喜欢你就等着吧。"

我笑着说："你会喜欢的。"

"这么自信？哼。"

拆开后，她明显愣了一下。

她难以置信："这是……口红？"

我说："嗯，口红，今年的生日礼物。"

向蔷看我的眼神变了，变得意味深长。

她在桌下用脚蹭我，我知道，她又开始恶作剧了。

我冲她扬扬眉毛，若无其事地接过向奇盛的饭并道谢。

闹够了，属于向蔷公主的特别的生日宴会正式开始。

向奇给她买了个三层蛋糕，红色奶油做成玫瑰花的形状，装饰满整个蛋糕坯。

插上蜡烛，点燃，一撮撮小火苗轻轻晃动，温柔明亮的光倒映在他们的脸上。

向蔷说:"快给我唱《生日歌》呀!"

我一向有点羞于唱歌,今年也不例外,只是跟着鼓掌。周慧和向奇则习惯了,他们边鼓掌边唱,满眼都是向蔷的笑脸。

唱完歌,向蔷许愿。

许愿完,向蔷对我说:"季临泽,恭喜我们长大了!"

我对她笑。

我从来不知道她的生日愿望是什么,我没问,她也没说过。

因为我们都有点小迷信,怕说出来就不灵验了。

但我自恋地猜测,她的生日愿望一定与我有关。

也许是"我、未来、亲人"。

我在心里默默回应她:向蔷,恭喜我们长大了,长大真好,我们一定会实现自己的梦想。

我们四目相对,她似乎感受到了我内心的独白,微微一笑,低头去吹蜡烛。

蜡烛熄灭的一瞬,整个屋子像被拉闸了一样,顿时陷入黑暗。

四周静悄悄的,没有任何声音。

我试探地喊道:"蔷蔷?"

我以为不会有回应,可是在我的右手边,她的声音就这样响起。

她说:"你在喊谁?喊我吗?"

我侧头看去,这阵似雾一样的黑暗渐渐消失,身旁向蔷纯净的脸庞变得愈来愈清晰。

她穿着吊带睡裙,长发盘起,手里捧着啃了一口的西瓜,很是不解地盯着我看。

这是初一的时候,我们的面孔都十分稚嫩。

我记得这天,天气很热,村里却突然停电了,大家吃完晚饭不约而同出来纳凉。

我们一人搬了一张椅子坐在门口乘凉。

这天的星星格外璀璨清晰。

她仍为刚刚那句"蔷蔷"感到困惑,说:"你刚喊我什么?蔷蔷?哈哈,季临泽!你很不对劲哎。"

我看着她,哼一声,抢过她的西瓜:"幻听吧你。"

"喂,刚刚问你吃不吃,你说不吃,现在干吗抢我的,你想和我间接接吻啊?"

"渴了。"我说。

向蔷不甘示弱,重新抢了回去。

西瓜的汁水在我们的争夺中飞溅,弄了一手。

向蔷气急了,也较真了,抓起西瓜碎瓣往我身上砸。

我也没太让着她。

最后两个人皆是惨淡收场,所以握手言和,一起走到玉兰树下的水池边清洗。

屋内大人听到动静探头朝我们看了一眼,我听见有人说:"那两个孩子又打起来了。就这样,你们蔷蔷还说要嫁给临泽呢,现在就这样，以后结婚了不得天天打架。"

清凉的水淌过掌心，我心想，不会的，就算打架，也是我们的乐趣。

向蔷就着凉水洗了把脸，她长叹一声，埋怨道："早不停电晚不停电，偏偏在这最热的一天停电。到底什么时候来电啊？我想吹风扇。"

我问她："真的很热吗？"

"是啊，你不热吗？"

"我还好。"

"神人。"

我笑了笑，回屋拿了一张报纸。

向蔷还靠在水池那儿，百般无聊地盯着天空看。

我走到她身旁，把报纸折成合适的厚度，缓缓挥动手臂给她扇风。

她惊讶地看了我一眼，揶揄道："没想到你还有体贴的一面，不错啊。"

我没回应她，只是抬起眼看向这片夜空。

安静了很久后，向蔷忽然问我："到底什么时候能长大啊？时间怎么过得那么慢。"

我说："现在不好吗？为什么那么想长大？"

向蔷又生气了，拳头朝我挥过来。

她质问道:"你忘了我们的约定了吗?"

我调笑道:"原来是想快点嫁给我啊!"

"是,我的梦想就是成为想成为的人,还有霸占你季临泽。怎么了,不行吗?这梦想伟大得很!"

她永远那样热烈直白。

她看着我,摇晃着我的手臂,似撒娇似逼迫地说:"你快说,你的梦想是成为飞行员,还有长大以后和我在一起。你快说你快说啊!"

我刚要张嘴告诉她,忽觉天旋地转,眼前的万物开始变得扭曲,突然,这一切在某一刹那四分五裂。

碎片从高处坠落。

每一片上都播放着我和向蔷的过去。

它们坠落后就会消失不见,我怎么也抓不住。

怎么也抓不住。

最后一个碎片上播放的是,向蔷朝我奔跑而来的场景。

她在叫我。

"季临泽!

"季临泽!

"季临泽!"

但我还是没有抓住。

碎片消失,光亮消失,我又坠回那片黑暗中。

我很后悔，我为什么不能说快点，为什么没有让她听到我的回答。

明明，我的梦想一直不曾变过。

我在这片黑暗里待了很久很久。

直到某一天我又听到了向蔷的声音。

她喊着："季临泽……季临泽……"

我抬起头，看到前面有一个光点，随着她的声音越发清晰，眼前的亮光也越来越近。

它铺出一条路，路边长出只属于二〇〇〇春天的花草，不断地往两侧延伸，那棵玉兰树在微风中摇摆。

我远远地看到向蔷站在那儿。

她的眼里噙满泪水，坚定地、一步步地朝我走来。

她的模样是二〇〇〇年的模样，但她的眼神不是。

她好像也经历过那片黑暗，眼里涌动的情绪让我的心都紧了起来。

下一秒，她猛地撞进我怀里。

"季临泽……季临泽……"她叫着我的名字。

我笑了起来，我万分确定，这一定不是我的错觉。

她就在我怀里，触感是如此真实。

她说："季临泽，我喜欢你，我们现在就在一起，不要再浪费一分一秒。"

她说:"季临泽,你一定会喜欢我的,你说过,你见到我第一眼就喜欢我了。"

　　她说:"这次不要八年了,我只想要现在。"

　　这次,我要给她答案——

　　"好啊,蔷蔷,我们现在就在一起,我们要永远在一起。"